"峰岚·精品库"

晓来重濯

「峰岚·精品库」编委会 编

海峡出版发行集团 | 海峡文艺出版社

目 录

返生香

◎ 杨煊莹

一

阿生，你我的初见是这般新奇。

我不过随意走于校园的小路上，在夏日的老榕树下同蝉一起分享树荫的凉，便得了你赠予我的一块泡泡糖。

我向来走路都是心无旁骛，拒绝同陌生人讲话搭讪，也时常忽略了熟人的挥手，眼中除了前方的路和风景决计不会看到其他。但你就这么突然出现在我的视野里，且离我仅两步之近。你拿着幼时我吃过的大大泡泡糖递给我说："呐呐呐，听说只要吃下这款泡泡糖，包装纸上画的这个superman（超人）就会飞出来。"

我盯着你认真且清澈的眼，顿时起了玩乐之心，接过泡泡糖说："如若未出来呢？"

"哈哈哈，那一定是你嚼的时间不够久，来不及让我换装变成superman出现在你面前。"

待你离开后，我才惊觉，原来我竟轻而易举地相信了一素昧平生的人，且轻易便显露真心同人开起玩笑，大概是你太过活跃而出其不意，让我无法招架吧。

后来相熟后同你逛街才知你素来跳脱。这般年纪仍会于街边买上一堆五毛钱的泡泡糖，只为了其中那一小张贴纸，若得了一只蝴蝶便欣喜若狂贴于手背，一如男孩遇超人钢铁侠，女孩得白雪睡美人一般，将手臂扬起，得意扬扬地同人炫耀漂亮。抑或，蹲于小摊前死活不走泪眼蒙眬地闹人为你买上一只大大的粉色棉花糖，满眼期待地嘱咐绕棉花糖的大爷多绕几圈，接过来便一头扑进棉花的世界，还教一旁的我如何才能吃的漂亮优雅。兴起时在街上穿着裙子转着裙摆旋出美丽的花儿，沉默了便用手托着下巴发呆一下午不言不语，做错了事会扯着人衣袖任性撒娇小声道歉，倘若欢喜则一刻也不安分地蹦跳走路。

阿生，我从未想过，这世间竟会有你这样的女子。

阿生，是否时光到你身上总得收敛，让你得以一生肆意妄为如孩童。

二

我再次见你时，你却已是另一副模样。

校记者站站长打来电话说我已推脱掉无数次她的出稿，这次已无法逃避。

"一篇通讯。杰出校友景生。地点大礼堂二楼。是个摄影展。"

展厅不大，全是黑白的人像摄影。

天分十足。

这是我对于未曾见面的摄影师的最初印象。从这纸薄薄的相片中可轻易嗅出其中情感的弱点，或于双瞳或于四肢，摄影师宛如野兽般用快门命中它捕捉它，惊心动魄。

在展厅中询问了工作人员，已有人先一步进行采访。

我走近一看，竟然是你。那日在路边给我泡泡糖的女人。

同那日的随意且有些幼稚的装扮全然不同，你今日一身白衬衫，打着一条黑领带，阔腿西装裤，黑色细跟尖头鞋，头发在脑后束成一个马尾，深红的唇，精致的眼线，睫毛的弧度同嘴角一样给人一种敬畏之感。

"景生女士，方便问你的年龄吗？"

"已近不惑。"

"那，您是从什么时候开始摄影的？"

"校园。当我发现我的手指比我的大脑更能发现别人灵魂的时候。"

"您能给我们这些后辈们一些关于摄影方面的建议吗？"

"去经历吧。当你看足够多经历足够多，那么你将能轻易看穿所谓的人心，在你的镜头里。"

我决意不做采访，悄悄退出来，这是我第一次不做任何采访全凭印象写稿。但我知，刚刚那个妆容精致的女子大概不是你全部的样子，而想知你，只需这偌大展厅的照片便可。冷静客观，内有沟壑，这是我想象你拍摄时的状态，然后所有的看客只需一张照片一个角度便可得知被拍摄者全部的生活乃至心灵。

"这是一场关于灵魂的盛宴。在她的快门下你只能忠诚于自己的心。"

这将会是我这篇新闻稿的结尾。

但我也知道,这不符合所谓校媒固有的写作格式,它将会被删去,但我仍要写。

三

学校记者站要做校友特刊,其中竟有你的名字,自告奋勇地接下任务,部长说这是第一次见我如此自觉勤快的想出稿,堪称奇迹。

细细看过资料才知,原来你也写文,特意将你的文章尽数寻来,惊为天人。只觉行云流水字字稳妥,合该在那里,本应是这理儿。

阿生,文字到底是一种怎样奇妙的东西,在你笔下便如佛如魔莲花朵朵,在我手中则平淡无奇字字无趣。不论你长篇大论还是寥寥数语,只一眼就困囿我的情爱勾了我的心神,是否你对读者对自己太过残忍,一篇文章可压抑了自己的情爱,克制了内心的烈火,将一切华彩繁繁的城池都荒废,偏生生让读的人也怅然若失,不许为之一哭绝倒撕心裂肺。这使我丧失任何所谓客观的形式内容手法去分析去思考,只盼你能痛快放肆无所忌惮一些。

佛总说凡事皆须慧根，大概文字在你转世而来之时便种于心里，它同你是顺心顺意，这每字每句是否皆是追随你来的这尘世？不若我，时常是坐于书桌前半日，笔下仍空空如也，心中升起烦躁急切之感，脑瓜儿里却空白如桌上稿纸，抑或硬着头皮书了半段却半点不合心意遂丢弃不用，标题倒是列了无数，文章却半点不见踪迹。

我信文字有灵性，是天成的宝贝，非人力所能创造，藏匿于这大山大河中，若见了身怀灵气的妙人便会附身而来，指不定在另一时空另一朝代，也有着属于他们的李白杜甫写着同样的唐诗宋词。所以，纵我看遍再多的文学名著，读透大本大本的文学概论，基础写作课拿个优秀，大概今生都成为不了你这样的女子，笔下的文能写一日算一日吧。

四

在家中做足功课，拟好采访大纲，同你约了时间地点。

地点定在一家小巷的咖啡馆，我到的时候是午后两点，咖啡馆里人稀稀疏疏两三桌，正是做采访的好环境。

一进门抬眼便见你蜷缩于角落，一件素T恤，头发随意挽了髻，正静静看向窗外。我拿了手机按了快门，你正巧转头，看见我笑了笑。

目色简宁，无半点杂质，面容素净，没有化妆，脸上有着岁月雕刻的苍老皱纹，合该是这样的女子才配得起这样的才情。

我内心紧张拘谨地站于你面前，喉咙里挤出的声音唤了声景老师。你摆摆手示意我坐下，我从背包中取出笔记本，打开手机中的录音开始提问。

你认真详细答完我的问题，我关掉录音，便听见你问："那日你嚼完泡泡糖是否有超人出现？"

相视大笑。气氛一下活跃。

"其实你唤我阿生就好。"

"阿生？为何那日要送我泡泡糖？"

"大抵我最近总喜欢逗逗那些严肃严谨的人，而你的灵魂里又有我曾经的样子。"

"我同你并无任何相似。"

"不不不。年少时，我曾同你现在一样。"

阿生，是否曾经的你也如我今日一般，在什么年纪就做着什么年纪应做的事，宁愿被人说老成都好过幼稚，不敢在路上吃棉花糖冰激凌，走路平平稳稳一条直线从不蹦蹦跳跳，吃饭不发出一点声响恨不能大口想开，笑要用手掩住，坐下时双手要压住裙摆，写字做事一板一眼规规矩矩，待人讲话客气恭敬，生怕有一点不合时宜冒犯对方，哪怕我对人心存欢喜也从不敢过分靠近率先亲近。从不做任性疯狂之事，凡事都怕这怕那顾虑重重，哪怕我其实内心如野草纵横，有着不为人知的疯狂率性，但现实中仍是选择安妥。

阿生，那份我今日仍学不来的洒脱，你又是于何时获得？

晓来重濯

五

写完你的人物专访，便辞了记者站的工作，决定专心报考戏曲方向的研究生，开始日日听京剧，家中不断放着咿呀之声，在喧闹热烈的京胡唢呐间听出一股悲凉味道，尤其在深夜，所有人寂静安睡，唯我戴着耳机，看电脑上那模糊陈旧的老戏，让人有一种置身民国，久久不能言的老。

偏爱麒派老生。

麒派那出经典剧目《追韩信》始终存于我手机里，日日听。"麒麟童"周信芳，麒派的开创人，暮色沧桑的唱腔，遒劲古拙的嗓音，枯槎之美，老熟之境，难得沧桑中仍带着浑郁的美。

周先生这一派，原称"衰派"。

忘了是哪听来的了，但却记得刻骨。周老先生的声音那般沧桑老迈，却仍是一字一句用力吐出来。体迈而气不衰，体衰而魂长青，那般吐字强烈，运腔激越，动作行云流水挥洒自如，是大器晚成，是寒松不老。

可惜，麒派难学，后继乏人。世上只有一个麒麟童，难得。

世间多的是沧桑之后便落寞颓唐，颓唐之后仍重见苍郁甚是难得，老得让人惊心刻骨，需要时间的功力，更多的是心境。

枯荣之境。

在枯哀之时仍能返生而来，衰朽的老木亦有芳华香万里绵延。

阿生，这是否像你？

历经一切沧桑残缺枯败后开始平和安然圆满，习过所谓规矩人事条条框框后恢复天真自然，阅尽一切取舍后开始真正只顺从自己本心。

阿生，是否你虽面容苍老，而内心已褪去枯老凄凉，返生如年少？

心中想想怅然若失，索性打包了视频同我的感慨发邮件于你。

多日后你回我："若一日，我离世，便由你为我撰文，名曰《返生香》。"

六

你我相熟半年，时常相约相伴去踏青玩闹四处游荡，你我相差二十岁，但想是我灵魂过于苍老，你面色仍是年少，你我并肩竟无人察觉你的年纪，后我因忙于考研，数月仅同你书信来往。期间我听闻你去了趟西藏，于西藏皈依密宗数月。你在回我的信件中写："转山转水转佛塔，四肢皆匍匐于佛祖座前，才始信灵魂有轮回。"

我回信笑称，那你是否前世曾是佛祖座前一朵青莲，灵魂落人间亦可散发久久不灭的香？

后来你断了联系，我猜想大概你随信徒朝圣，一步一虔诚，无暇被外界叨扰。

然而阿生，我从未想过，竟会在肿瘤内科见到你。若非那日我去医院探望亲友，应也不会知晓你已不在西藏。

一身白蓝条纹的病服，头上有枯燥几缕白发，身形消瘦，在嘈杂的走廊手扶着腰缓缓行走，但那份气质还在，与这里散发出的腐朽气息抗衡着。

"阿生？你为何在此？"

"肝癌晚期。我已无法任性在外界喧闹。"

"我是否该开始提笔撰《返生香》？"

"如若你已构思得足够快，说不定我生前还能见一见自己的悼文。"

"不不不。你已在治疗，或许会有奇迹。"

"亲爱的，我入藏是为全自己一个心愿，其间我随信徒俯身尘土一步一虔诚，才知人这一世并非阅尽沧桑便是大成，我虽舍肉身，而灵魂仍在，天命所归，你切莫执念。

"亲爱的，重要的不是我还能活于世间多长，而是当我肉体消散后能存于世间多少光芒。

"亲爱的，这才是所谓返生而来的香。"

七

《十洲志》有载："西海中洲有大树，芳华香数百里，名为返魂，亦名返生香。"

返生香，一曰人身可朽，而精魂无朽，枯槎之处尚有绝美之花，不老不衰，由老返香。二曰身成黄土，清魂尚在，寄托于花妖，修炼来人世一段时光，不死不灭，由死返生。

笔墨精灵无朽时，返生香动有情人。

杨煊莹，"90后"，毕业于福建师范大学协和学院文化产业系汉语言文学专业。热爱文字、旅行、摄影。崇尚博尔赫斯和杜拉斯，信奉博尔赫斯说的"我写作，是为了时光流逝使我安心"。现居泉州。

拐角鱼丸店的故事

◎ 田荔琴

一

　　1983年端午节我爸扒龙舟失利那一天，我还在我妈的肚子里无的放矢地思索人生，这里面并不包括性别。但是后来，我阿嬷说，你本来是个男丁，都是因为你爸你叔他们扒龙舟输了，明明怀了男丁生出来柄都没了。讲真，我听出一身汗。还好是男变女，不是变怪胎。但这个她不管，她坚持说，这一年村里的公鸡都不打鸣了。听她轻描淡写的样子，仿佛真的只是客观描述，何况还有我这个当事人，活证据。所以我始终也不问本来我会叫什么名，这和我本来是男是女这个论题比较起来，都不值得了解。依妹，阿嬷说，你要是身上那块肉没丢就好了。我还记得她说这话之前之后都四顾无人，有点小紧张，这点在她生前我就一直替她保着密。年轻的时候她也叫依妹来着，也没觉得自己比别人差。但是，她紧张的时候我也紧张，心里有内疚，我们俩就相拥着搂在一起。为了宽慰，她又说，那次比赛失利主要还是坐龙头的人选得不对。什么道理？有钱就可以坐船头？

阿嬷说到这人时脸上挂着不满意。我从她眯起的眼神里已能看到一个混混沌沌的人。果然，她说那就是个社会上的小混混，除非走路时看起来和常人没什么不一样，若是站着或坐着，不是把一只脚踩到另一只脚面或椅子上抖，就是把一条腿架到另一条腿上跷着抖。我说我也记得这样一个人，和人讲话也多半是架着胳膊，你都不知道他是刚打完架还是正要与人打架。他家以前离我们家并不远，阁楼上有许多他爷爷收藏的小人书。他爷爷和我阿公同辈，都只剩三颗牙，但不妨碍他健谈，正如没牙不影响我阿公照常吃鱼丸。由于他们家祖屋面积基数大，拆迁安置的公寓比牙齿还多。他先是坐地收租，后来一一抛售，把钱拿来开公司搞房地产。当了经理以后，和电视连续剧里一样做了一个大书柜，作为置业的一部分，还一次性购买了一车精装书。自己不读，也没有人去借。

那又怎样？

我打断阿嬷的话。过去我经常这样粗暴地打断她说话，不想她扯人家什么，只想听故事。而事实上她又不想讲故事，只想扯，扯她的见地：后来，这样的人坐了船头，输了。

不输才怪。这回阿公搭了腔。

阿公说，那次很惨，你叔的脚就是那次被打瘸的。兄弟俩并排坐着划，不让后村的船赶超。不知谁喊了一声"反水"，对方（后村队）一通乱桨敲过来，你爸坐左边没事，你叔右边膝盖被对方打烂了。

这么惨？我问。

阿公说，对方更惨。那天扒完龙舟，各队吃各队的龙舟饭，席间，有辆挂着警灯的车子威严地行驶过来，又威严地停在榕树下原本安置龙舟的地方。由于失利，已在沙滩上砸了船身，只取了龙头回来，供于宗祠堂，以备来年再造新船。两个队的龙舟席都摆在埕上，公安的人一到，人们都愣了。后村的孙国富被推进警车里，没有挣扎，只一直把头扭着用目光去寻找我爸。

听到这，我看到阿嬷脸上凄苦的表情，仿佛被带走的不是打了她儿子的人，而是他儿子。她说，他们从小玩在一起，只不过前后村信的菩萨不一样，所以被编在不同的队。他不会打人的。坐船头的人嫌输了比赛不吉利，把人告了。时值严打，进去的人一般都要两三年才回来。就在警车呼啸而去的那一刻，我爸腾地跃起身，一举推翻了原来和老板共饮的那张八仙桌，才上桌的一盆鱼丸四处散落。彼时，一轮明月在榕树梢上高高升起。

回到家中，正赶上家里的一盆鱼丸在餐桌上凉着，我爸遂飞起一脚将之踢翻。阿嬷抬起她的一只可能和她儿子当时同一只的脚努力地踢了踢，绘声绘色地比画着。阿公先是对她的笨拙发笑，紧跟着叹了一口气，那可是我起三更打出来的最好的鱼丸！特别肥的海鳗，特别好的土猪肉，现在去哪里买得到？

听到阿公叹息，阿嬷结束了讲述，恢复了站立，但人木木的。一边无声无息进进出出的妈开了腔，他不在家，不如我们赶快做一碗鱼丸吃吧。边说她边走向冰箱，从里面取出一包鱼丸，打开袋口，往桌上一敲、一摇，看它们散了架，这才往外倒。

我对她耳语，我爸就是从那时起不再吃鱼丸了？

她点点头，何止不吃，看都不再看一眼。他在家时我们也都没吃过。我相跟着进入厨房，站到她的一侧看她操作，她有时和我对视一下，我就竖起耳朵，也表达心里的紧张：快点。

她反而笑了，说，不急，煮鱼丸水一定要烧开。水开后把它们扔进去，原先硬邦邦冻成球的丸子就像鱼儿驶入了大海，顿时鼓胀成饱满的帆。它们四散着游荡起来，并在游荡的过程中自行膨胀，挤挤挨挨地漂浮在水面上。我以为可以盛出来吃了，她却把它们用漏勺捞出来，把锅烘热爆了葱头再起锅注水。

我说，我在外面看人家从来都是一锅煮的，哪有你这么复杂？

她笑了笑，那不是喝的洗澡水吗？又不是刚打出来的新鱼丸，没有冰仓味。这时，锅的玻璃盖上已经堆起了密集的水蒸气，很快，水蒸气又化了去，完全透明地呈现出锅里的全貌，那十个洗过澡的大个子鱼丸在里面游得很欢快，且通体松软，皮肤都在呼吸。

我把四只碗摆成田字，妈揭开锅，把鱼丸分配到每只碗中，按照个人口味轻重下了葱花、醋、胡椒粉。

香。吃的时候阿公说，只有在自己家才可以吃得到这样的鱼丸，不仅软，还Q，韧性强，咬得动，有嚼劲。这一直是我们家的骄傲。

不过，在自己家却要偷偷摸摸地吃有什么滋味？在吃第一粒的时候我就问自己好吃不好吃，在吃第二粒的时候我又问自己好吃不好吃。再拿眼去看阿公，眼珠子往上圆睁。我一点都不担心，从小就见他这样。吃的时候，他总是眯着眼，苦苦领会个中滋味，然后，在眼睛往上瞧的时候囫囵吞下。呃。擦嘴巴的时候他说，肚子里面的货（馅）可以再藏多一些，皮不可太厚。就像在说别人一样。

我决定今年回家过端午节。

二

五月节头天天气很给力，不但没下雨，还阴，不热。随处可见的杧果树挂着一身的成果，个个绿鸭蛋大，沉甸甸向下坠。

我叔五点不到就出来了，每年这一天他都是第一个到这里为龙舟宴打鱼丸。其他人则在他来之后陆续出现。很快，大榕树的冠盖下就环绕着摆开了一二十张的大圆桌，每桌分配十二张椅，远远看过去正好都在树冠的遮盖下，有几绺榕须甚至拂到了桌面上。临时搭建的四口炉灶也升起了炊烟，举着高高的蒸笼。一些男人和女人麻利地穿梭着，忙，只有狗正襟危坐。

我叔上年纪的人了，偏白，还偏胖，穿了亚麻夏布短褂干活，露出脖子和胳膊，浑身的肉也能看个大概，显得又白又圆，人肉鱼丸一个，或许，鱼丸伯不白不胖才会比较奇怪。他在做鱼丸的日子里总是笑眯眯的，我对这点很奇怪，鱼丸这东西，没见过吃怕了的人，就我爸那也不是吃怕的。从小到大，只见吃的人吃不怕，做的人也做不怕，有意思。

我叔先是蹲着捡缀，小腿贴着大腿，大腿贴着肚皮。右边的塑料盆子里蜷缩着几条海鳗，每条都有一米来长，尖头细尾圆滑的身子。他将它们一条条提拎出来，放案板上平铺对齐，码好，左手取一块湿布按紧，嚯的一刀先集体去了头，再一一淘清肚子，一条条平侧着剖出鱼片，拨回盆里。叔用的这把砍刀原来是我阿公的，我从来不知道它的藏身之处，但是只要听到院子里磨刀霍霍的声音，就可以看到它。门口水池边经年放置着磨刀石，阿公磨刀的时候先在上面洒层水，一手握柄，一手按刀面，不紧不慢地磨，等到刃上立起了细细的钢粒，他再磨反面，如是三番五次。后来传给我叔了，也是如此，丝毫没有懈怠。叔弄了鱼又弄肉。肉是人家刚刚送来的黑猪五花肉。这时他站了起来，用全身的力气把它举到板上，一通乱拳乱棍使之降服了，剁碎，再和了些食盐生抽调味，搁盆里腌制。叔的脚虽然坏了，身子板还是好的，他站起来一直像贴墙一样扎起马步，使自己的胯与桌面的案板平齐，系紧的围裙正好护了心田，剁打鱼肉的声音先缓后急，清脆中还带了一股子不吝劲头，两眼放光，充满了挑战感。有时，他会停下来看一看，或用手勾出一团鱼泥或肉泥，在手掌心揉搓，或干脆搁嘴里尝尝，这时，若是够眼尖，你会看到案板上铺垫的那一块猪皮上密集地插满了一根根小鱼刺。

叔。我有些心疼，他也发现我和堂哥来了。

差不多可以了吧？我问。

他笑笑：美人在骨不在皮，你们不是都爱吃 Q 一点的。

堂哥说：老依爸你歇，我来吧。说着就扯过家伙，有点夸张地模仿起他老子来。虽多年不经心，毕竟也是耳濡目染，有点模样。

叔本来不肯放手，看到儿子这样又乐意，就过来和我说话，回来干吗？

这什么话？如果是男孩，就不会这样问了吧？所以我也不回答，反问，你看我哥那样像吗？

像。叔笑开大口，足以塞进一个鱼丸。他讲话的声音也是浑圆的，每个声部都在声腔里共鸣，也许因为他打鱼丸打多养成的习惯，胸腔里久而久之就会发出和搅拌鱼浆时盆子里发出的共鸣是一样的，仔细听，每一个音之间其实又是纠缠交织粘连的。他想起了自己当学徒的光景。阿公也是这样扎着马步，将鱼（有鳗鱼、草鱼、鲈鱼等，过去种类多，没有现在金贵）一条条码好，然后给他比画讲解了一下要领，就叫他上手实操。他问阿公要教材，阿公说，教材？真传一句话，假传三卷书。你只要按照你觉得好吃的鱼丸的标准用心做就是了，久而久之自然能有成就。堂哥接过手来，由于不熟练，速度慢。阿公就在一边看，什么也不说，看他左一拨拉右一拨拉，一会儿顺时针剁，一会儿逆时针剁，好像被剁碎的不是鱼不是肉而是他自己，浑身都没有骨头了。他是那样的忘我，既不是自恋的，又不是他恋的，简直就像个艺术家在施展才艺，其作品也是他本身。见他做一道小程序看一下表，阿公这才开口说，打鱼丸的时候不用看表，活和人一样就躺在那里，没干完起不来。眼看着只剩最后一拨了，他这才恢复了气力，腰挺直了，双手也获得了生机。本来每一道工序在他看来都是极无聊的，因为胜利在望，心情愉快，嘴里吹起了口哨，又余兴未尽，擅自增加了程序，将砧板上的肉泥横竖切画成艺术作品千鸟格。

叔瘸脚，堂哥的脚却是好的，他比我大一岁，就大一岁，但说的是那年的龙舟比赛是赢了的，那时叔的脚也还是好脚（这么说好像瘸脚会遗传似的），一条龙舟二十四个汉子，那一年度村里一阵风就生下了八个男孩，这么整三年又可以坐够一条船了。堂哥属龙，但由于生得像我叔，所以也是虎头虎脑的，还皮实，不是在跑就是在跳，还爱翻跟斗。好个矮人跳脱，笑起来自带酒窝，小时候人家就说他搁哪都像阿公捏的鱼丸，丢不了。大学毕业前，国家推行自主择业，他就在人才市场最红火的时候进进出出，外贸保险证券基金电信都尝试过，一直到人才市场式微，也没有找到终身事业。但我叔对于堂哥的状况还是基本满意的，他觉得自己培养出了个大学生已经是祖上烧了高香，至于是否应该有鸿鹄之志，能自食其力就好，在拼爹的年代他倒也不自寻烦恼。

叔本来就把活干得差不多了的，堂哥接过去也就是扫个尾。看热闹的人倒多了起来。叔喊了几个在他看来有经验的帮厨女工，过来捏。她们每个人手中持了一把汤勺过来。据说这活女人一过四十就做不好，手眼心得灵活。她们把盛着鱼糜和肉饼的盆子端上桌，先用左手握起一撮鱼浆，右手勺子挖一团肉泥搁左手心的鱼泥上，左手一个紧握拳，一攥，一挤，说时迟那时快，就在挤的时候大拇指与食指一松，一眨眼就渗出一粒丸子来了，像变魔术。若是功夫不到位，捏出来的鱼丸怕大小不一，更怕不紧实，不紧实的鱼丸达不到天衣无缝的境界，煮了开花事小，就怕咬一口汤汁溢出来。据说很多外地人吃福州鱼丸的时候发现里面还包有东西，再三研究，找不到肉包子那样的折缀处，天衣无缝，视为神奇。但其实，神奇不是目的，好吃才是追求，而好不好吃完全在于捏之前剁打下力气的时间和气力。食材与配比这是刚性的，此外，气力不到、时间不够、天气不好等都会影响到发泡的程度。

齐活后，交给女人们捏着鱼丸，我们仨坐到一边，就有族人上来给我叔敬茶。叔抿了一口，烫，又吹了一会。而我都喝下第二杯了。

堂哥一口茶都没动，枯坐想事，过了一会，突然说，老依伯，干脆我辞职回来和你做鱼丸吧。

叔就被烫到了，放下错愕的杯。不看儿子，看我。

我虽也觉得突然，但作为同龄人，我哥常对我说你知我心，我就像相声中明显不免有点虚伪的捧哏，开口劝，叔，您就让我哥试试，他做什么不成！

叔听了脸一沉，我心也一沉。换个位思考，我家培养我一个大学生也不容易，人家还是个男的。但我的位子还没有再倒回时，他又喜笑颜开了。他说，首先，有一点，这说明你们看得起祖先，也看得起我。其次？他不说其次，他说，还有，我看你两个读过书见过世面，言语志量不应该与我一样，没准还能在你们身上发扬光大。

我从没想到我叔做个鱼丸都这么有家国情怀，吓得我当面用短信问堂哥，你确定吗？他冲我点点头。堂哥说，他是在我叔起身揉腰时被电流击中的。

你被什么打动，什么就是你的命。他说，老依伯的这个动作，打他还是后生仔时就深深地印在脑海中，龙生龙，风生风，老鼠的儿子会打洞，这也是拼爹，打小他们就给我奠定了这样的人生基调。你若是男生，可能你也会这么想。

这个——我表示，臣妾有所不知。我只知道打铁都要趁热哈。

叔做完鱼丸，一向是要吃了这顿大餐才回他的店里继续干活的。今天，他就收拾家伙提前撤退了，嘴里还说，那龙舟比赛你们也别去了，现在都是政府唱戏给旅游客看的，没意思。

三

叔的鱼丸店开在八一七路往塔巷口里拐进去的一个小耳房里。没有挂招牌，人称拐角鱼丸店。

拐角鱼丸店一直藏在东百的右翼下，经由它的大门往下走，第一个巷口是宫巷，第二个就是塔巷，一拐弯，几步宽。

叔站在一个宅院门口，实木的大门厚重，上面钉着门钹，门闩是神奇的榫卯，门槛儿却是石头的，门墩两边还有两个石头狮子，述说着昔日的繁华与富贵，只不过那门铍已经不成对，石狮子的棱角与线条也变得模糊不清。跨进门槛环顾，门面狭窄，设备简陋，六张小学生课桌大小一样的餐桌，三张桌上已经坐了五个客人。整个店三七开，七分公共用餐区，三分是明厨。明厨里一个台面，台面上两口灶，两个钢锅，一摞碗，一盆汤勺。还有就是一些调味品的瓶子。任谁来都会觉得似曾相识。我和堂哥不由得一屁股坐下。应该不止我一个人想到了旧时的老宅子，四代同堂什么的。我想到了我阿公阿嬷，想到了我的童年，我的高中班主任，他们就使着和拐角鱼丸店同样的桌椅、碗筷，有着相同的语调和神情，连空气中的虾油味都一样。

我好奇地表示想看菜单。

叔笑了笑，不说有没有。有客人就抢答了，说，没有，这里只有鱼丸。

谢谢。我说。很安静，甚至可以听到说话人的咀嚼声。这哪有办法聊天。我也只冲他笑了笑。

等这一拨客人抹了嘴一一离去，叔正式把我们介绍给了店里的两个伙计：孙国富、黄依妹。他们俩就爱慕地看着我们俩。叔才对他俩说堂哥，儿子。他儿子就抢过话介绍我，我妹。你妹？他们表示惊讶。他只好准确地表述，堂妹。我叔补充说，依弟的女儿。

我从他们的脸上看到他们都有一些小激动。

他们的青春正好隔着我们的年纪。

我想起阿嬷说过的往事：那一年的今天，1983 年端午节，他们最后一次划龙舟，孙国富被公安带走，我还在我娘的肚子里，我哥先行一步落地。当赛事成为往事，他们头发花白，以现在这样的方式和我们聚在这里。

我挪到黄依妹边上坐，靠着她的肩。

孙国富和我叔孙国强的名字只差一个字，听起来比和我爸孙国英还更像是亲兄弟。学生时代据说他们最怕老师点名，每当老师喊到孙国两个字的时候间隔总是很长，他们仁的脸就都面红耳赤，做好了随时站起来回答的准备，等到名字的第三个音节落地，同学们就会对落空的其他两人发出讥笑。有时他们中的一个或两个甚至还会在老师还没完成点名时率先就站了起来，这或是因为太紧张，或是因为太想回答某个自以为是的问题。但是自从做了鱼丸后，他们，特别是我叔就像是没有名字了，人们当面叫他"鱼丸伯"，背后被称为"拐脚鱼丸伯"，应该是唯其这样才亲切，才能和其他卖鱼丸的人区别开来，比如耳聋伯汤圆，管他呢。他有自己的学名。小学注册时用的名字是依着出生年月顺着起的，叫孙国庆。小学毕业前生了场大病，由邻居神婆指引，改了一个字，叫孙国强。国强扔到个个面黄肌瘦的孩子堆里倒也真的变得好养了。但其实，改不改名，家里只管叫他依弟，外人只认得他做的鱼丸。

1924 年，阿公出生的那年，孙中山在广州创立了军事飞行学校，提出航空救国的口号，他的整个青少年时代，抗日救亡，保家卫国，地面上的枪战节节败退，空军成为唯一鼓舞人心的英雄，飞行员成为拯救国家的希望。抗战后期，他考入了空军军士学校，当他毕业时，抗战也已结束。1948年，才20岁出头的他作为国民党空军战士参加了辽沈战役，名字不在阵亡人员中，而在俘虏名单中。他拿了路费，选择回乡，娶亲讨阿嬷。1949年，作为长子的孙国庆出生，后来改名孙国强。因为这样的成分，"四清"工作组驻扎后把他带去关了一阵，后来虽然又放了回来，但是在"文革"中还是提心吊胆，唯恐再有什么祸事临头，所幸终是没有再赶上。他就这样低眉顺眼地穿梭于各大街小巷红白宴席间，成为远近鱼丸第一人。有时看着那些穿西装提了公文包的人眉头紧锁、埋头赶路的样子，他甚至觉得自己很知足。别人看他是谋生，我们都怀疑他迷恋这个活，不用见了人就鞠躬。请他做事的人都拿烟敬他，喊师傅。只要有鱼有肉有粮食，就可以制造出一个场，没有阶级斗争，没有意识形态，由他说了算。自主性和创造性融于一体，每次做都一样，又都不一样，很有挑战，还屡受好评！不过，在看到我们这些孩子时，他会换一种口气说：好好读书，长大不要像阿公这样没出息，要什么阿公给你们买。

我爸我叔和他不一样，完完全全生长在红旗下，看着父亲日复一日做着极度无意义的活计，为中华之崛起而发奋读书，此外，周六参加鼓楼区少年宫的天文兴趣小组学习，周天做航模飞机，对各自的未来仿佛都了然于心。这样上了十年书，突然开始停课闹革命，他们也到大队开了证明，坐火车跟着红卫兵大串联，到了北京天安门广场，见到了毛主席。他说，你们是八九点钟的太阳，希望寄托在你们身上。

阿嬷的故事里从来没有名字，我也是来到这个店里才把他们给对上号的。原来当年被警车带走的人就是这个斯文的孙国富叔叔。我对这样一个组合很是好奇：叔，你们怎么想起来一起开这个店？

他们仨你看看我，我看看你。我叔摸出烟起身到门口点上，我差不多同时跟了出去，我们靠墙站着，国富叔也过来靠着，这大概是他们平时给自己放风的地方，他给他也递了根过去，他摆摆手，他也就不再坚持。在他腾云驾雾的时候，国富叔吹起了口哨。我对于他们喜欢的歌曲早已耳熟能详。差不多还是初中，甚至更早到小学时，家里就能听到"唐朝""黑豹""魔岩三杰"。后来发展到他们兄弟俩往家里买磁带，到《一无所有》与《花房姑娘》的时候，主事的人已换了，校园歌曲和港台歌曲当道。阿公和我们只有顺便听的份。当我叔和国富叔吹着口哨的时候，曲深的小巷里的两根电线杆上小鸟们排成了行，并且叽叽喳喳的，都听出来是老歌了吧。阳光斑斑驳驳落在老石板路上，两侧有小沟渠。流水它带走光阴的故事，改变了一个人，就在那多愁善感而初次等待的青春。

年轻的时候他们经常去杨桥路上的福大操场看人家大学生打篮球，受到邀请就下场地，否则就看看，跑两圈再回家。到了 20 世纪 80 年代中期，东街口一带已经能够看到一些人穿西装打领带，甚至在操场看自行车的依伯都经常穿。但他们看起来特别颓废，一直坚持穿着学生时期一样的大军裤白衬衣，那是他们一贯的标配。有天傍晚，兄弟俩正一前一后地跑着，我叔看到有个身影特别眼熟，身上的汗毛竖了起来，又惊又喜，不知咋办。青春仿佛已经走失了整个80年代。叔说他感到胸闷，还感到身体的某些部位已经麻痹，不仅脚是麻的，嘴也张不开，以致我爸驻足搀住他，直到孙国富主动迎上来叫了声兄弟。一时半会都不知道应该说什么就什么也不说了，三人拉扯着下去和人家一起抢了一会球，再起来已尽释前嫌。

那一夜他们仨加一辆自行车走着回去，路上还吃了大排档喝了扎啤。

那一夜到家时已天光，阿公坐在门槛上系着鞋带已经准备去隔壁村打鱼丸了。那时候，随着改革力度的加大，工厂不收人了，还开始下岗，滞留在社会上的年轻人多了起来。一早撞上这三个无业游民阿公头也不抬，用权威的、不容置疑的口气，命令说，从今天开始，你们都跟着我学做鱼丸。

我爸说了句"不可能"，就蹭地跑进屋。屋里的三用机马上响了起来：你总是问个不休，你何时跟我走，可你总是笑我，一无所有……

场景一下子又回到出事之前。阿公深深地叹了一口气，说，回来了就重新始吧！

孙国富双手作揖道，依伯！

我叔盯着他激动的脸，舍己从人。

现在，我叔靠着塔巷的马头墙，吐着双重烟花说，我到现在还记得你阿嬷高兴的样子。她看到我们又是三个人在一起时，双手合一不停地阿弥陀佛。当她听到老依伯要领着我们做事时，又抹着泪花笑了，我也含着泪花笑了，上阵父子兵，这个画面不要太温馨！

但是，有一点我想不通，我问我叔，我爸这么讨厌鱼丸，你怎么不会？

叔说，我没他那么矫情，每个家都要有养家的人。你别看我们家是做这个的，你问他小时候可吃过几次鱼丸？

我又问，那黄依妹是怎么来的？

从头到尾没有说话的黄国富，这下说了一句，男女搭配，干活不累。

是啊，谁都能看出当年的依妹定是貌美如花。但他们却就此略过这一话题。他们不知道我的阿婆早在生前就不止一次地说过这些话头。阿嬷说北京有个"四人帮"，我们这里也有：孙国强、孙国富、孙国英和黄依妹，好到粪都可以拌着饭吃。我说，那他们是四角恋吗？她又说，也不是。我说，你就编。阿嬷又说，是真的。我说，你这是违反人性，不合逻辑的。后来？后来出事了，孙国富被"严打"了，另外两个兄弟不能夺人所爱，就散伙了。本来在我阿公和阿嬷的心里，黄依妹不管是嫁哥哥还是弟弟，都已默认为孙家儿媳妇，事实却是黄依妹远嫁他乡。"四人帮"就此四散。好吧，我向阿嬷投降了，也许生活自有它自己的逻辑，英雄并不都披着披风，丘比特也不总是射箭。他们不肯多说，想不起还有什么可以向我吹嘘的过往和必须为之奋不顾身的未来。

我叔问我，我这个店位置怎么样？

我说，好，闹中取静，租金上肯定有优势。

他说，我选的。

我叔有解放情节，打小经过八一七路都要不由自主地昂首挺胸。阿公一说要找个店把他们带出师，养家糊口，他第一时间就想到八一七路，无奈一路上商店林立，寸土寸金，别说是针插不进，水泼进去了也养不起。当他抱头鼠窜到塔巷口歇脚时，灵机一动，决定在此打埋伏。这在从前也是租用不起的，一直到清末民初住的人家非富即贵，但它与整个三坊七巷在岁月的动荡中改朝换代，几经迁移征用，日渐式微。

当他回去领着阿公从八一七路一拐进来，阿公抬头一睃，顿足，然后一言不发，背起双手就走。我叔知道阿公也相中了。叔小时候就习惯了他的这种习惯，看书看到精彩处要停下来掩卷，在地上来回踱几步再读，吃到一口好吃的也会禁不住起身在饭桌周围转一转，按捺住雀跃的心。据阿嬷说，看到漂亮的女人别人死盯着看，他也是拔腿就走，待回过神来，美人早不见了。果不其然，阿公踱了两个来回又回来了。他们找到一个掩着门的大宅院，一棵茂盛的老榕树越过墙头。

阿公说，有榕树的地方就有做鱼丸的好气场。

他们往里张望，里面是个小花园，榕树下立着一个六角亭，亭子下，一个中年男人埋头清洁着地板。经询，那家主人家移民国外已有两代了，屋子一直荒废着，交由亲戚偶尔过来开开门窗，正被我们撞上。那亲戚便擅自把马头墙下的耳房租用出让给我们，以用代管，相当于找了一些人看护，租金也免了。

解决了店址，再研究班子。阿公说，你们是不是也去看一看黄依妹？他们找到黄依妹，不说从前，只说了当下的计划，她听完对他们莞尔一笑，与集体失散多年，她被这种新型的组织模式深深打动了，从此脸上总是笑意。他们就邀请了她也过来看一看，划了一个三三得九的合作方案。她说，不如大家一起多出个尾巴，将一成的收益月奉给独居的班主任。又说，让她每天中午来店里吃一餐，这一天主要的伙食与时光也就打发了。时代抛弃一个人，不动声色地，就像老师丢掉了年轻与知识，完全不自觉。他们仨回忆起最后那个毕业季，班主任那个动情。她摇着手中的钢笔，说，来来来，同学们，我给大家签个名留念。同学们纷纷说，老师您歇歇。然后一些人跑得比兔子还快，最后，只有他们四五个人拿出本子等待着让她一个个签过来，而其实都一句一样的话：为中华之崛起而读书。这样回忆的时候，每个人都看到了自己的能力，仿佛回到了从前。如今老师依然生活在高高的精神庙堂，学生几个隐蔽于市进之巷，好比锅里沸腾的鱼丸，拼命地奔跑着，其实也都还是停留在原地。大家都离开集体很久了，如今，这又是一个集体，关于集体主义的记忆中充满了他们对纯洁友谊与高尚品质的无比向往与热爱。

我站在巷道中朝巷尾看了去，与繁华的八一七路不同，小巷两侧多深墙大院，石板一块比一块宽，一块比一块厚，你不上去踏一踏、踩一踩，未免对不起这些个岁月，它们可都是历尽劫难侥幸留下来的。我就进店喊上堂哥走走，有所选择地，喜欢哪一块就毫不怜惜地用力踩上去，恨不得戳痛它。巷子尽头的南后街经过旧城改造，以一种崭新的面貌吸引着游人，也许古时候的新街正是新时代古街的味道吧。时值夏季，也是淡季，店家从上午一开门就流感似的打瞌睡，整条巷子都在等天黑。

再往回走进拐角店里的时候，黄依妹用一件外衣披在肩上，正伏在一张餐桌上睡，叔和国富叔也靠着吧台打盹。无敌是多么的寂寞！

其实，在另一张桌椅上，已经有一对客人落座，正静静地等候他们醒来。其中那位先生见我们露脸进来，还用食指放到唇边，对我们做了个请小声的提示。那位女士血红色的唇上叼着一根细细的过滤嘴香烟，手持一本发黄了但却还保持得很好的名字很长的旧书阅读中。从我们一进来就看到他那么看着她看，相看两不厌。我们也像他们一样就近找张桌椅坐了下来，但却不如他们安分，最终还是惊动了黄依妹，一个醒了，连锁的反应是另两个也依次坐直了身子，睁开眼，站起身来。

午后的营业就这样开始了，每一个客人都表现了宾至如归。那一对男女很快就吃上了鱼丸，女士因了口红的原因小心翼翼地齿咬着，但却发出了吸吮汤汁的声音，先生也不是我阿公那种毕其功于一役的人，他把每个鱼丸一吃两半，既尝到了鱼味，也吃出了肉香。有一下他抬起双眼，质疑地望向我叔，叔虽忙着，已养成了用余光观察的本领，不用问就知道他这是吃到鱼刺了。叔不管，他倒是想看看此人矫不矫情，做成一个鱼丸多少条鱼多少根鱼刺，敢留下的都是可以留下的。也就那么一两秒的时间吧，那人将舌头伸出来，顶出只有自己才看得见的东西，用手一捻，放到眼皮子底下欣赏了一下，出乎意料，又收回嘴里煞有介事地咀嚼起来，并且露出满意的神情。完全不一样的人从各个角落拐进这个角落，机关公务员、贩夫走卒、画家、诗人、建筑工人，男人、女人、老人、小孩，来了就坐下，甚至可以像在自己家一样一句话都不说。每一碗鱼丸都像煮给自己的家人，每一粒鱼丸也都像长了双眼睛在认亲。亲人们进来，点个头，或挥个手，坐下来就看手机，端上来就吃，吃完一抹嘴。离开的时候没有人说谢谢，也鲜有人说再见。

奈何心是看客心，人是店中人。堂哥没我这么无聊，尽观察人。他专注地翻着手中的账本，还皱着眉头。挨到客走打烊，他把我们都喊到一块儿坐下。这一天，叔始终笑得合不拢嘴的样子，现在也正想和大家宣布一下有关决定，堂哥却抢先说开了：我看你们这不是开店，是在做修行。

大家都笑了，差不多。

但他很严肃，笑不起来的样子。

这是不自知，还是甘之如饴？他皱着眉头询问我，我耸耸肩。他转问长辈，十斤鱼只出两斤半鱼肉，十斤鱼肉只加两斤淀粉，这是阿公时代。现在人家都直接买鱼浆。连自己家打的，比例也都加到一半兑一半，没有倒过来十比二，就是很好的了。

叔打断儿子的话说，那你能知道他那鱼浆里是什么？那倒过来的比例做出来一咬一嘴番薯粉的煮给你吃你吃不吃？

堂哥当没听到，继续说，还有那个猪肉，速生的、冰冻的、绞碎的，什么等级都有，超市里家养半年的普通人家都觉得贵了，你说你们做个鱼丸，还用单价三四十元的黑猪肉，这是什么概念？这是西服专属高级订制！高级订制是要加钱的！

黄依妹说，一年加一块钱都跟会死人一样。

叔的笑容早就僵在脸上了，他这才知道合着这一天的演示，只是当了反面教材供儿子批判。生气地说：我看你还是上你的班去，你们这种聪明人吃不了这口窝囊饭。

堂哥又说：那你们就这样吃饭？鱼是好鱼，肉是好肉，人是好人，工还是手工。二十年就这么一捏，捏过去了。天亮开门，来一个捏一碗，卖一碗挣一元。

叔怒不可遏了，大吼一声，二十年，二十年怎么了？二十年不是把你养大了？你有本事，不要在这里鬼话连篇，人不来你去抢啊？

说罢扬长而去。

四

2017 年，短视频急速爆发。有数据统计，2017 年短视频用户规模从 2016 年的刚刚破亿升至 2.42 亿，当年投资笔数超过 45 笔。各大平台重金补贴短视频原创内容：今日头条投入 10 亿，秒拍和微博声称将投入 1 亿美元，百度声称将累计向内容生产者分成 100 亿元。这是一个黄金时代，自媒体正野蛮生长。

按照堂哥的要求，我连夜将这两天手机里保存的视频制成我叔手把手传授鱼丸传统做法的短视频，时间控制在四分钟内。这是因为互联网大数据显示，获得百万以上播放量的短视频幸运儿平均时长为238.4秒，所以我也不敢超过240秒。由于拍摄时本是无心，没有采访录像或精心安排的长镜头，事后我叔也从不肯补拍或摆拍，所以也没有一句多余的话或成熟的直视镜头，只有所能捕捉到近在咫尺的倾注全部心血的状态与精益求精的制作手法。手到脚不到，鬼也打不到；手脚一齐到，金刚也跌倒。我叔来回踱步时一跛一跛的脚，每一次急速地提腕拨打，仿佛在释放每一条鱼身上的每一个细胞，直击人心，不落窠臼。不知别人是否发现他总是右脚先落地，有力地站稳，后脚再轻轻一掂到位，有虚有实。鱼们在他的反复拨打下，再生为泥。捏成丸时画风又一转，轻松愉快：捏一个，再捏一个；煮一碗，又盛一碗。一个原本看起来简单平凡的丸子的形成原来还要经过一场攻城战役，整片大海、所有的山川河流，满血复活。陆止于此，海始于斯。

　　我把所有可以用的资料组合切割成一系列四分钟的片段，隔天就得更新：一粒鱼丸就是一个大海……没有鱼丸不成席……鱼丸的前世今生……拐脚鱼丸伯的四代同堂……视觉感官的刺激突破了口感的感觉阈限，也赋予了这种食品以更大的活力，在快餐与快播年代有了共同参与的快感，诡谲瑰奇。

　　情势按照市场的意志推进得很快，观众对这种情绪的感知非常强烈，点击率24小时内达到了10万，弹幕不停流动——

晓来重濯

有人问，这个店在哪？

有人回复，福建。

更有甚者，具体到福州。

三坊七巷。"拐角"或"拐脚"鱼丸店。

拐脚好，拐脚怎么啦？不穿西装不插钢笔不装逼，靠谱。

然后，不断有人求购。伟大的短视频时代抛弃传统宣传广告的速度之快让人匪夷所思。堂哥和我都被这种网上市场的热情惊吓到，不撸起袖子干，根本不行。网民链接式断言：拐脚鱼丸店要火，拐脚鱼丸店必火……

拐脚鱼丸店？

扎心了！

根据这样的情势，堂哥建议把拐脚鱼丸店的牌子挂起来。必火。

叔说，挂什么招牌，这几十年我们自己就是招牌。

堂哥说，干脆自黑。我们现在在网上就是用你来做的招牌——拐脚鱼丸店。

瘸子面前不说短，胖人跟前不提喘。

叔气得咬牙切齿：拐脚？拐脚怎么了？！

堂哥说：拐脚也很有喜感，真实。

叔说：我孙国强卖艺不卖身。

堂哥说：何必呢，现在网上这个店名气很大，我牌子都去做了。

叔对孙国富说，干脆你去把他的脚也打拐了，再把名气给他。

说罢，一拐一瘸扬长而去，那较短的一只腿要格外用劲，因而显得特别痛苦。

孙国富面如死灰，表情里有近来的心境，眉宇间又是过往岁月。

堂哥非但对这一切视而不见，反而两眼放起光来，对着父亲的背影很正式地说：老依爸，那这个牌子我就自己用了？！

从端午到八月，不到100天的时间，堂哥收到了西瓜视频寄来的包裹，打开一看是西瓜视频颁发的粉丝突破100万的奖牌。我再回去的时候，又把他举着这个奖牌的形象用到视频里。他手插着腰，牛气坏了。这时，管委会优先提供的南后街新店装修也已完成，乘这个东风就正式挂牌，线上线下一起搞。

政府闻风而动主持挂牌仪式。三坊七巷管委会给我哥留了区领导边上的位置，我哥让给我叔，但我叔执意不去。事实上堂哥出场的范儿比我叔那不知要好多少。和市区以及管委会领导比肩，我哥仍然可以始终高抬头保持笑容。我用长镜头横扫了一干人，而把近镜头仔细地分写到他的嘴唇。他的嘴唇直咧开到耳边，使之露出健康的上牙龈，他的虎头与虎脑，粗壮的胳膊也很吸引人眼球。这样一个世家后代，任谁都能想象得出他抡起刀棍打起鱼丸时，无论是鱼还是肉，案板上一刀两命，将是多么的孔武有力。镜头中有一个人，那是我叔背着手，微驼背，混在围观的人群中，面无表情。而我哥，则有如神助，理想照进了现实，开启了竖标杆直跑的人生形式。

区长握着他的手说，可别小看咱们这一个小小的鱼丸，它里面可是包含了三代人苦苦的追求、深深的情怀啊！

叔回家说，真佛只说家常话，老老实实做个鱼丸，弄得像搞导弹。

堂哥说我，这么好的广告，你怎么不放到视频中？

我说不习惯。我很难解释我的心情。像月光、苦恋、辽阔一样，情怀也是我特别喜欢但却从来用不上的词语之一，它就像它本身一样美好，谁看了都知道这是一个非常非常好的东西。正因为如此美好，谁用了谁就会辜负它。它也像一个鱼丸，灵肉相间，剖开来里面就是一颗心，一颗心铭记着另一颗心，心心相印。但如果我要说我阿公或我叔他们有情怀，他们自己肯定不同意。我要说堂哥有情怀，我叔也不认同。说他们都没有情怀，我自己就不干。人人都在谈情怀，却都不让情怀上自己的身。我也不想让他们用区长所说的情怀当卖点。自古深情留不住，唯有套路得人心。

有天，置顶评论上跳出一个广告链接：供应深海鱼。我点了进去，看到一行小字，说还供应各种鱼浆，然后又看到了鱼浆的各种原材料选择。接着又跳出上海滩、周润发、张国荣、黄晓明，又翻看了鹿晗、关晓彤。后来，我意识到现在与从前不一样，不是有闲，是有业，不能再这么没完没了地翻下去，就赶快把链接转给堂哥，让他赶紧去考察判断选择，好继续对抗劳动时间与强度。我哥正愁订单太多活儿太多太紧，原来委托的十几家小作坊都已供应紧张，他说，天助我也。然后，又给我发了个大红包。

堂哥不再说我天天寻章雕句，"手无缚刀之力"。他送给我20%的技术股。说，从此，你负责天马行空，我负责脚踏实地。

我说，你这不是拐脚店吗？还脚踏实地。

他说，我可不是脚也拐了一只嘛，另一只好脚在你这，现如今谁离开互联网谁就是个残废。他还嘱咐我在网上多与粉丝互动，一定要保持粉丝的黏性，让他们像Q劲的鱼丸那样随时能弹得起来。这导致我不得不晨昏颠倒，与电脑同吃同住，双宿双飞。

为了更好地与时俱进，我这个女技工赶紧复盘摸清成功的脉络。事实是，拐脚鱼丸店迎合了全国的受众，当这个空中市场还是空白的时候，抢夺了眼球，抢占了先机。粉丝与实体店一样，有各种各样的年龄、身份和职业，所不同的是在店里吃的时候多木讷，到了网上，如众星捧月，尤其在深夜，人们思之念之求之不得，视若天仙，仰之弥高、俯之弥深。

有一位平潭出去留学的学子留言说，都说雄鹰陶醉于翱翔，而臣妾我这会只想咬一口鱼丸。已经有十年没有见到家乡的鱼丸了，我对鱼丸的念想已经超过了对具体人的想念。又问，你们说就这么一个丸子，为什么这里就吃不到啊？不用我们开口，网上什么人才都有，有位知乎兄就说得很好。他回道，美女，你虽然读到了美利坚的博士，但你还觉得一个丸子好捏，那首先就是对这一个丸子的深刻不理解。

饥饿是那么的忠实，思乡长出了鱼丸一样的面孔，除了马上下单，什么也不能满足。每一个收看短视频的人都直呼：求邮！据说堂哥直接拯救了同村一个摇摇欲坠的包装企业。真空包装就是拐脚鱼丸店的伟大创举，它使远在天边的游子的冰箱都变成了大海，人在海里游，无论接近还是远离。由于短视频上的互动，制作者、购买者、食用者同感共鸣，互动甚至合作等种种关联，使得真空包装不再处于真空状态，很多消费者买回的仿佛是自己参与制作的食物，因此是放心和愉悦的。堂哥还喂饱了一大批小家庭小作坊，就近保证了一支支鱼丸产业队伍的工作稳定。在一位从长乐去新疆开矿的老板，每一周都要从这里发五十公斤货，据说还从长乐另一家也订五十公斤，一是分开订保证品质，二也是为了更换口味。买单大约由五类客户组成：餐饮业、中小超市、大中型工厂企业、部队、家庭主妇。有时一天能发出一吨。你可以想象，如果这些客户都下到实体店，那不仅每天把个塔巷堵死了，恐怕一个三坊七巷也装不下。

遥想当年，我阿公说他小时候经常提着新鲜鱼丸到江边卖给停泊的渔船，已知最远的船只来自上海黄浦江——后来我上学和工作的地方，心中甚是高兴。有一年闽江流域发大水，我们家的一楼进了水，完全不能落脚，一家人躲到楼上作业，依然有外地的船只漂过来从二楼的阳台上完成了交易。阿公说，这些都是老客户，都是吃货，也都是爱家的人，自己在外面吃了好吃的，还惦记着家里的人。而现在物流的便捷让鱼丸也长出了脚，想跑多远就跑多远。

通过数据复盘显示：拐脚鱼丸店的客户只有五成左右在本省，其中二成左右用户在本地区，足有五成以上用户竟是来自外省的。

作为一个旅游区的网红店老板，坐拥粉丝 500 多万，堂哥红得糊里糊涂的。作为旅游区传统行业的十大标兵、电商代言人，他的传承与创新的业态模式与经验挂在市政网首页上，标题是《百年老店四代传承，千秋大业一粒鱼丸》。文章讲的是如何顺势而为，在当今消费的时间、空间、对象和形式都发生了根本变化的情况下，如何将质量优势转换成最大的流量和数据，增强产品竞争力，扩大市场占有率。除了隔三岔五要被我放到视频中让人观赏，三不五时地，还要参加政府或协会的一些活动；有时，从外地来三坊七巷的游客不仅要在店里店外拍摄，还要上前拍拍他的肩膀或胳膊，合个影；还有个别人甚至就不是来吃什么，只不过到此一游，把他那么盯上一会儿，转身就挤出店，汇入如织游人中。在我不能回去的日子里，我就让他在牛仔裤后面插一根自拍杆，随意扫些东西给我做资料用，透过这些海拍，我发现他的主要任务就是迷死人了。

五

我回去把这些说给阿公听，他只是笑一笑，仿佛这一切并没有什么稀奇。

作为一个文艺女青年，语不惊人死不休是一种本能。我说，阿公你知道吗？将来人们谈起你和我叔，就像谈起一个符号，已经被堂哥压缩成一个 Logo。无论身处何方，都不用走进塔巷拐角店，所有的人只需拿起电脑或手机，点一下，云支付，很简单。人类需要想象，而这个想象和现实的距离其实都很贴近了，要说还有距离，那也只是一粒鱼丸的距离。

阿公这个时候点起一根烟，说，走，我跟你去看一看。

拐脚鱼丸店与拐角鱼丸店完全不是一个时代，它处于南后街的中心位置，面积要大过四倍还嫌不够，靠墙一溜都是火车座，以备游客多的时候消化。火车座的上方挂着一溜照片，有阿公在海味馆的工作照，有我叔在祠堂打鱼丸的场景，有堂哥接受表彰的形象，最醒目的是各级领导人光临视察的资料。我们进去的时候没有得到一个顾客应有的招呼，看完这些，堂哥还埋头对着电脑，有一句没一句地指挥着伙计们打包发货。阿公和我做了个鬼脸，仿佛这个饮食店的东西就不是为了做给饿了肚子的人吃而只是为了寄出去。

除了我俩，还有两个客人也候着，看样子还比较有耐心，理解并原谅他们。但阿公坐不住了，起身走到后台，做了两碗鱼丸，让我递给客人。其中一个说了句谢谢，各加了些桌上备着的调料，斯文地吃。另一位埋头急吼吼地吃了，吃完才很认真地说，好吃。阿公送走他们的背影，自言自语地说，好吃的鱼丸你怕是吃不到啰！

对着人家的背影，他又对我说，看一个人的教养，性情乃至人品，是不是吃货，尽显于哏呃之中。

我说，那个不急着吃的是个谦谦君子？

他点点头，说，那个急吼吼连调料都不放的，倒是个会吃的人。

我问此话怎讲？清汤寡水好无趣。

阿公说，调料本来都不是必需的，这不就跟你们女人打不打粉一样。每次吃鱼丸前我都会想到人，好看的皮囊千篇一律，有趣的灵魂万里挑一。鱼丸也是。

我得意地说，阿公你还别说，我们家的女人都不打粉，就我这样，在上海可是少见的哈。

阿公也得意地说，关键是我们家的鱼丸也都可以不放调料。

这时又来一个老外，阿公示意我可以派上用场了，但人家能操中国话。

——这是什么？

——这是鱼丸。

——这是一个鱼？

——这是一个鱼做的丸。

——这是一个丸？

——对，包肉的丸。

——嗯？ what？

——比如你们的热狗。

Hot Dog？他十分疑惑地看了看我，摇了摇头，然后坚决地走了。

阿公大笑说：要你搞的像骗子一样。你知道人家热狗是用什么做的？我们鱼丸是用什么做的？

我说，热狗就那么回事，鱼丸我可能不知道吗？不就是和了淀粉，地瓜洗出来的淀粉。

阿公说：那你有空出门往左往前直直直直走，上乌山，山上有个先薯亭。我说，我见过，还有一个石碑，记载着红薯的故事。他说，年轻时他经常上去拜一拜。为什么叫番薯？番就是番仔洋人的意思。它先是横跨太平洋直接传入亚洲解救饥荒的，由西班牙大船运至菲律宾。由于这东西可以长期保存，被船员买来作为航海粮食，传到了吕宋岛，后来在马尼拉的中国人的圈子流传开来，进一步传至我们这里。福建商人陈振龙发现番薯是不可多得的农作物，遂在返乡之际，从吕宋将其带到中国，因其色红，乡里人也称其为红薯。万历二十二年（1594），福建发生大规模饥荒，陈振龙儿子陈经纶以拯救饥荒作物的名义，将番薯献给地方官员金学曾。金看中了它的多产性，开始积极普及栽种，以此解决了人民的饥饿问题。听说起先也只是把一时半会吃不完的海鲜和薯粉裹到一起，又便于存放，又便于食用。差不多只有一百年的历史，但也肯定比它那个热狗早。可以说是最早的方便食品。

说着，他就起身要走。不会吧？我以为阿公将要以他这样的高龄爬山，带我去看番薯碑，却原来是也要去拐角鱼丸店看一看。

去那里必须走一段南后街，古街美食购物一条龙，阿公背着手，一副视而不见的样子。我说，阿公，这个，那个。空气中飘着奶精的味道，耳边也不时能听到一些卖家吆喝的声音，阿公一眼都不瞅。我向路边拎着小提的老依姆买了一串茉莉花，别在手机壳上，他倒停下脚耐心地等待，末了，还拢了拢我。我就告诉他上海也有这样的，但更多的是白兰花和栀子花。他听了又拢了拢我，说，从前广州也有呢。一些善解人意的绿色植物故作镇静地站在朱漆大门两侧，上面还挂着民国风的灯笼，我动员阿公拍一张怀旧的照片，他也不屑。他的脑门上好像有顶着自己的望远镜，移步换景，看到的全是和我不一样的画面，三坊七巷在里面不动声色地述说着时代的变迁。阿公说我，你现在看到的只是它的皮相，也可能连皮相都不是。好吧，每一个民间高手都应该与热闹的新世界不怎么有瓜葛。

为了哄他开心，我又找到了一个话题和他交心。我说，阿公，下次我带男朋友回来。他长得可是与您有点像。

他说，在上海长得像我，那肯定是帅哥，就像我年轻时在广州。

我说，你们连脾气都像哈。

阿公果然很有兴趣，问：那是好，还是坏？

我说：好到烂。我叔不也这样？就像没有脾气一样，什么人都觉得他好。除了我爸。这时，我的脑海里跳出他的形象——他躺在沙发上，没心没脑、慢条斯理地说事，说什么都不扎心。我就笑他，你知道我们老家的鱼丸吗？就是你这样的，人家要怎么捏，就怎么捏。他听了也不恼，表情很幸福。

阿公说：你还以为是你在拿捏人家，依我看能拿捏你的，就不简单。现如今，这社会上有个性的人多了去。你就说鱼丸这么个东西，也有100年了吧，现在可以叫作快餐，任你谁去做，有多少才情、个性，都不能压倒共性。你想做个不一样的东西，可以，但无论如何，你得做得像，还得好吃啊。有肉不在皱子上，你吃鱼丸的时候，自己心里不都有数嘛。

我说，那好吧，那下次我带回来给阿公看。

拐进塔巷，巷子细而美、窄而静，几乎没有游客，有些宅院的门敞开着，还可以看到里面的假山、紫藤和老榕树，倒有旧时代的好品味。阿公的脚步才放缓，开始探头探脑，神态也舒坦了。他开始立体穿越，从这个巷可以说到另一个巷，这个家族跳跃到那个家族。为什么林觉民和谢冰心两家的门牌挂在一起……最后，他总结性地说：地以人传，胜在地，不若胜人也。

光阴轻轻地划过时间的门扉，阿公的脚步再一次踏进巷子的拐角里。奇怪的是一向安安静静的拐角鱼丸店竟然在阿公大驾光临的时候传来哭泣的声音。一位肥胖的女士把汤勺攥在手里，不吃也不喝，频频忧伤。问了个究竟，原来是守寡了。原来是男人在临终前，曾提出想吃一碗拐角鱼丸店的鱼丸。大家都不当回事，都说出院后由你吃个够，再说还挂着流质，打着点滴呢。浮生若丸，说有就有，说没就没了。说着眼泪欷歔落进碗里，碗里的鱼丸越发沉寂，集体失语。阿公作为和蔼的长者，及时地发挥了安抚的作用，说人都走了，哭出来就好。人不是鱼丸，就不要窝心了。

但是，这边安静下来，又有一个老依伯激动地站了起来，他上前握起阿公的手说，兄弟，我儿子结婚办酒时请您上过我们家做鱼丸。说话的人自己也是阿公这样的年纪了，只不过头上多了一顶帽子。他说他在新加坡三代同堂了，两个儿子结婚都回家乡办酒席。老大办酒时请的阿公到场，老二时因为年龄相差也大，改换您儿子了，才知道你们在这开了店，每年回来个一两趟，每回回来都天天来报到。

阿公谦逊地说，你这一碗里有几粒鱼丸，这南后街就有几家鱼丸店；他那一锅里装得下多少粒鱼丸，鼓楼区就找得到多少家鱼丸店。兄弟你回乡一次不易，多换换口味，也别老是吃一家啊！

老依伯点点头，说老实话，因为喜欢这一口，回来也都有到别处去尝一下，但是风险很大，有一些简直不能叫鱼丸，无非是一团淀粉，看着都长得白白圆圆的俊，捏在手里软软的，咬到嘴里松松的，跟吃番薯渣一样，连牙都黏不住。当然也有好吃的，特别是一些连江人做的，但是和记忆中的还是有差。还是你这个外面皮的嚼头和里面馅的香滑独一无二，相得益彰。还说，唉，哪天走不动了，就不得回了。

阿公说，你就不怕回来这个店不在了？既是惺惺相惜，也是夫子自况。

那个老依伯说，2003 年回来后赶上 SARS，我还真怕，没承想，睹一睹，过来一看，还开着，这是我的运气，也是我的福气！

他们俩什么都不说了，只是双手长久地握着，互相长久地凝视着对方。最后剧情发展到相互指认，竟然是飞行学校的同学！只不过一个回乡了，一个去了台湾，后又随子女到了新加坡。他说，在台湾有永和鱼丸，也是从福州这里过去的。

阿公说，现在又回来了呢，就在前面不远。

老依伯只是笑笑，并不说什么。

原来这人世间所有的相遇，都是久别重逢。鱼丸啊鱼丸，按个卖、按斤按两卖、按锅按碗卖，都是经济学里最小的单位，没想到搁他们心里却这么有分量。在大学四年的宿舍里，我做过许多次试验，第一次分享我的鱼丸的舍友都觉得平淡无奇，就像一个正常的天气，蓝天白云，清风徐徐。一般我会不甘心，会启发她们至少研究一下里面那个馅儿是怎么搁进去的，个别有良心的就会配合着说，哇，天衣无缝。我就说，而且在颠沛流离的运输和沸煮过程中都不会皮开肉绽。但大部分人是没有感觉的，除非半夜肚子咕咕叫的时候给予她，她才会夸说美味不可方物，这和她夜半吃方便面时是一样的感慨。这些年轻化的人与这位双眼注满了泪水的老华侨之间的距离相隔了一个太平洋不止。

阿公在这里的待遇和在那里的待遇完全不一样。打他一露脸，叔和孙国富、黄依妹，他们都欠起身来躬迎。自从二十年前他把他们领进门，就由着他们自己修行，从来不过问。有时候见我叔回家晚，才知道又加班，用阿嬷的话说，做一个鱼丸也动不动就加班，也知道其实他们加班的回报也并不高，为了关门前的一个客人，或是为着一场突如其来的大雨。生意好他们加过班，生意不好他们加过班，连 SARS 时候他们也加班，说是客人别的地方吃不了，鱼丸加醋正合适。阿公把这一切看在眼里，很满意。他说，生计如此平凡，他们每个人都还兴高采烈地忙活着，这就对了。鱼丸做到极致，无有他奇，只是恰好；人品做到极处，无有他异，只是本然。

但是，今天，阿公说出了不一样的话风。老依伯一走，用餐高峰一过，他就考他们了，今天这样的生意是不错的。做了多少？

我叔伸出一个手指，说，有一千了。

阿公摇了摇头，那你知道你儿子那里什么情况吧？

叔摇头。

阿公就告诉他，也是一千。

够呛！叔说，很严肃，并且开始上心，本来他根本都不屑于管他，现在看来不帮还不行。他说，心大店大，成本大，我们躲在这里都很累了，他装什么派头，一千元能顶什么开销？

阿公盯着他这个大儿子的眼睛不放，冷冷一笑，一字一句地说，不是一千块，是一千公斤。一吨。

一吨？我叔懵了。这是什么概念？

他们仨你看我，我看你，都像是被一吨的鱼丸噎住了，伸直了脖子，张大了嘴，说不出话。

这样的消息既然出自阿公，就不会是天方夜谭。曾记否，刚开张那天，关了门，打开抽屉，一抽屉硬币与绿色的天涯海角，五元十元二十元那样暖色调的纸钞都很少，但是五十张二元的绿就可以换回一张红色的钞票啊，已经忘记了多少，总之非常满意。记得有一个月下来，毛利达到两万元。二万元又是什么概念？万元户这样的概念刚刚戴上光荣的帽子。是一百个一百元乘以二，是一千条鱼一千斤肉，是三个年富力强的人三十天汗水。后来店家要收租金了，后来又涨租金了，后来他们死磕，磕着磕着就老了。老了也不怕，老了也可以做，做一件力所能及的事，不用招牌、不用广告、不谈主义，但有老顾客满满的期待和店家默默的坚守，约好了天长地久。

阿公又问，你们仨加起来都快要有两百岁了。记不记得教你们的时候，我说做鱼丸也和做人一样，十六个字：沉得住气，弯得下腰，使得上劲，抬得起头。现在再加上一句：收得了手。人生不满百，别怀千岁忧。后生仔都成长了，难道你们真的要做到死？

说完这些，他开始吃黄依妹给他端上来的鱼丸，一个耄耋老人，一口的义齿，脸腮上撑起一个大疙瘩，这个大疙瘩一会在右腮，一会又跑到左腮，完全没有空军战士的派头。

真相常常叫人害怕。其他人静静地都不说话，这突如其来的反转事先没有任何铺设。他们仨都没有吱声，聚精会神地听的样子，又不知道有没有听进去？好像鱼丸随人拿捏，又好像他们这一支队伍遭遇了强敌，但却拿不出任何武器来对抗，一副也要决死的气概，所以干脆选择沉默？也许谋生早就不再是谋生，只是一种坚持，甚至是一张盾牌或一种躲藏的方式？我突然想起阿嬷说的那个老和尚，她说她娘家梅峰寺里有一个老和尚，人们都笑他一生的修行只是照看院子里的那几株梅花。

我笨拙地想说些什么，好让大家都好受些，但都没有合适的。

我发现表面上最强悍的阿公，拿汤匙的手微微颤抖，应该也是心潮澎湃。将军不下马，各自奔前程。

有那么一阵子，我满脑子都想将这几分钟倒带回去，当作没有发生，可是我知道发生的事就是发生了，又不是制作出来的带子。然后，我又想，把拐脚鱼丸店红火的场景移植到拐角鱼丸店，或将拐角鱼丸店的传统按部就班嫁接给拐脚鱼丸店？这种想法太感性，固然让人憧憬，但市场不会同意。

我这样想的时候，我发现他们知道我在想什么，他们分别都盯着我，我从他们的眼睛里读到恐惧，不能克制地对这个集体消亡的恐惧，恐惧于对两个店的比较，尤其是年龄和产量的比较，而我们的目光碰撞后就匆匆转开，我开始感到十分愧疚甚至谴责自己当时的脑回路是怎么形成的，以至于导致了这样的紧张局面。这种不安和疑惑当然也是愚蠢的，但却是绵长的，为此，我给自己做了很久的心里建设。什么时候想起来都是纠结的，包括现在。

阿公发了话，拐角鱼丸店决计要解散了。但也不能咣当一下就关了？就像一个病危的人，总也要蹉跎一番、挣扎一下？总有一些未尽的事宜。比如有个常客眼镜落在这，今儿没来，明天也来，最不济后天必来。但是，这一关门大吉，那个失言了的"假洋鬼子"（美籍华人）就将永久地拜拜，差不多二十年了，"假洋鬼子"每年都会回来两趟，一次在清明，一次在冬至。老人跟孩子似的，总是让的士从机场直接把车开到东百停车场，然后由后人簇拥着拐进巷子里，然后还要站到操作台边上看着，也就是等着鱼丸下锅起锅。站在那里看的时候，他还邀请我叔去三藩市一起创业，他说：每个唐人街都开一家，我保证你不亏。叔说，怕是会水土不服。见人家还想说服他，就补充，鱼是海鱼，不错。水呢，是家乡闽江的吗？"假洋鬼子"就不说话了。今年一直还没来。分别的情形历历在目，他侧着头，用一只手遮拢着嘴，另一只手擎着牙签在齿缝间剔来剔去，依依不舍地吐出牙缝剔出的肉渣：兄弟明年见了。因为是远道，也因为是老者，他们破例送出门去，目送这个矍铄的背影消失于来路，来鸿去燕，一整条路都让人感觉很不真实。大概所有人与这条巷子都是注定要分离的，今日不分离，明日也分离，这天下就没有不散的筵席。

六

天下果然没有不散的筵席。我叔那边才惦记着人家"假洋鬼子"生死未卜的事，这边反而是他自己的父亲突然驾鹤西去。

阿公前一天还好好的，可以视察工作，后一天就完成了一辈子的工作，长睡不起，无疾而终。

家里设起了灵堂。晨昏交替。

江声浩荡，自屋后升起。阵阵浓厚的声音，夹杂着亲朋好友的呜咽。这时才知道，阿公以及他的后人，所有做出来又卖出去的鱼丸，都是积攒下来的人品。

按照风俗，供桌上摆满了猪头、公鸡、鲤鱼、米糕、苹果、橘子、老酒等祭品，可还是觉得有欠缺，谁看了都觉得不够，想一想，又一样不少。后来，还是我爸发现了问题之所在。他对着他兄弟也就是我叔说：要给依爸供上一碗鱼丸。我叔一拍脑门，大伙也都醒悟过来，抢着去开冰箱。开了冰箱又傻了眼，有拐角店的，也有拐脚店的，不知用哪一款？叔和堂哥四目相对，堂哥先败下阵来，主动说，用你们店的。

叔转身取了交给我妈，交代，煮一下再供，不能用冰冻的。

我跟着我妈一起去，我让她给我做。她让开时双手合掌说，阿公，这回可是你孙女亲自给您煮的啊。我和阿公在这一锅鱼丸里遥相呼应，一阵痉挛，浑身都起了鸡皮疙瘩。依照热胀冷缩的原理，它们在水滚开时鼓浪翻滚，随着温度的降落，一会儿就眼见着干瘪下去。

先前，阿公死了，这还只是一个信息，没有人真的觉得他没了，或对此还不习惯。一直要到这几个鱼丸供上桌，我才想起阿公已经不能饕餮，那七粒竞争上岗的鱼丸，个个神情低落地待在碗里，欲哭无泪，连汤都没有一滴。我其实超级容易被戳泪点的，就像鱼丸一咬就能咬出心里的汤汁，但我忍了，我觉得这碗鱼丸就是通往阿公那个小宇宙的通道之一，可以层出不穷地转生。阿嬷去世时我还不知道庄子鼓盆而歌的道理，这一刻我明白了。

人总是在别人都觉得还不会死的时候突然就死了。这是我阿嬷和我讲过，最没有争议的一句。没有异议，是因为我没有比较，反驳不了。待她走就有了体会。她走的时候，作为胆小的女孩子，合影时我被阿公搂在怀里，那时他就在我的耳边小小声地说，别怕，人都是会死的，下一个就是阿公我了。

我还有一个问题要与她讨论，为什么阿公一走，我爸就不忌讳鱼丸了？

静默中我听到阿嬷说，一个人死了，另一个人就复活了，这是因果，也是平衡。据说阿公撒手的时候，我爸狠狠地抽了自己一个耳刮子。记得那天阿公有让他一起去的意思，他不理他。阿公说，你兄弟开的店你从不去，你侄开的店你也不去看看，你就当自己是团肉泥，一直躲在鱼丸里吧。他坐在厅里也不抬头听他说话，一如现在他走向他，他躺在那里也不理他。他狠狠地抽了自己一个耳光，像个死人一样，阿公倒是被整理得满面红光、酒气冲天的样子。我很想和他说他现在那样倒像极了晚年苏东坡。苏东坡当年自娱自乐说："寂寂东坡一病翁，白须萧散满霜风。小儿误喜朱颜在，一笑哪知是酒红。"那酒红阿嬷你见过的吧？阿嬷笑而不答。

每当榕树下的鸟儿死去，它们的白肚皮都朝向天空。

阿公一走，我叔也成了老人，家里最老的人了。

夜里守灵起夜的时候，站起身来整个人晃晃悠悠的，撞到桌子，撞倒供品，偏偏又是鱼丸，还满地打滚。叔趔趄着单膝跪下，想一粒粒去捡起，细密的汗珠从额头一直淌下来。一起守灵的家人有的没看到这一幕，有的看到了又怕他窘。女人和孩子都去睡了，也没人抽泣，安静得很。叔开口小声叫了我爸，依弟。

我爸走近他，看到他的脸涨得通红，太阳穴上青筋暴突，无论是那只好腿，还是跛了的坏腿，都挪不起来，抬着头，无助地向自己的兄弟求助。我爸二话没说，一粒粒去捡回鱼丸，不增不减、不垢不净。待他明白他兄弟这是起不来身了，就又朝着他，同时也是朝着阿公的方向单腿跪了下去，像抱块砧板一样将我叔一把抱起。阿公从他躺着的视角上，正好把这一切都能看到眼里。

到了护送棺材的那一刻，我叔已经接受了这个现实，他和众亲说，老依伯以前说生了两个儿子，正好死的时候一个给他扛头，一个给他扛尾，怎么到了关键的时候一个就废了？

大家就安抚他说，无碍，现在也一样一个扛头一个杠尾，老依伯可能还更喜欢后生仔。

我爸身上穿着孝子服，堂哥背上插着长孙鞭子，一前一后，把棺材抬上了灵车。叔也被人抬到了车头的副驾驶位上坐下。在车上，叔才想到刚才那一些死而后生的鱼丸，那可是自己最后一次制作的鱼丸了。幸好在这最后的制作中遵循的还是第一次阿公传授的操守，这样的操守延续到最后一次收官。

一个时代结束了。

汽车正徐徐行进，众人的目光也跟着一步步挪开。没有任何选择。

因为是喜丧，照着风俗，从殡仪馆回来的亲朋好友都被请回到村里的那棵老榕树下用餐。用红纸贴的桌号 1 直排到 21，每桌坐 12 个人，上 13 道菜。

附：拐角鱼丸店菜单

1. 生生不息（五谷杂粮花生拼盘）

2. 鸿运当头（红蚂蒸糯米饭）

3. 三阳开泰（一品羊杂锅）

4. 黄金万两（鸡蛋油蛤羹）

5. 凤凰报喜（客家白切鸡）

6. 肝胆相照（爆炒双脆）

7. 八宝饭（餐中甜点）

8. 年年有余（清蒸闽江白刀鱼）

9. 前程似锦（银耳素烩）

10. 包罗万象（佛跳墙）

11. 飞黄腾达（黄焖鱼翅）

12. 紫气东来（肉汤淋紫菜）

13. 福如东海滚滚来（拐角店鱼丸）

这一天，吃的人都说这酒席好，高档。说阿公福气好，开枝散叶，传承有序，都看到孙子发财了。一直到这最后一道拐角鱼丸店的鱼丸端上来，才有人唏嘘道，再也吃不到老依伯做的鱼丸了。有人就驳斥他，你怎么不说老依伯再也吃不到鱼丸了。理论上，人们也再不能吃到我叔亲自做的鱼丸了。从今天开始，酒宴席上的鱼丸已经都由拐脚鱼丸店供应了。但是，菜单上却依然写着"拐角鱼丸店"。

不仅如此，堂哥和我商量，准备把我们的拐脚鱼丸店店名改回为拐角鱼丸店。在征求我叔的意见时，他抖着一只好腿，得意地问：为什么？

堂哥不说话，我说：因为那样阿公更高兴。

榕树还是那棵榕树。宴席上，我爸和孙国富紧挨着坐。这一天，他终于又从盆里夹起了鱼丸，送到嘴里。见大家都盯着他看，他低下头，一副琢磨的样子。少许，抬起头说：几十年没吃了，这一吃，也并没有销魂蚀骨的感觉？

我赶紧说：爸，你不要纵比，可以横比，去和别人家比，我们还是有比头的。

我爸说，那就好。

堂哥在一旁，始终不吭声。

这样的况味我想应该就是鲁迅在《社戏》里描绘的那样："但我吃了豆，却并没有昨夜的豆那么好，真的，一直到现在，我实在再没有吃到那夜似的好豆，也不再看到那夜似的好戏了。"

七

在那一天的短视频中，我做的专题是：拐角鱼丸店的前世今生。我夹杂了私货，放了阿公生前在广州做学生时的蓝天照，我爸、我叔和孙国富、黄依妹四个人在北京天安门广场的留影，榕树、龙舟……并在屏幕下方循环打上海子的诗——船尾之梦：

上游祖先吹灯后死去

只留下

河水

有一根桨

像黄狗守在我的船尾

船尾

月亮升了，升过婴儿头顶

做梦人

脚趾一动不动

踩出没人看见的足迹

一投放出去，差不多第一时间就有一个弹幕跳了出来：读它时我流泪了。

读它时我也流泪了。我也流泪了……

人们第一次不提鱼丸，忘了自己饥肠辘辘。

并没有人发现，拐脚鱼丸店的店名改了，改成了拐角鱼丸店。我本来和堂哥统一了对外口径，但凡外界问起，一律说它本来就叫拐角鱼丸店，是塔巷里那个小拐角鱼丸店的旗舰店。

2018.秋."在咖啡"

田荔琴，自由撰稿人，现居福州。

地下十三米

◎ 郭 鹰

一

自从王鸣铗失踪后，凌美玲一直感觉有人在跟踪她，但总是在她有所察觉时，遽然消失。这对天性胆小怕事的她来说，是不小的惊恐。

一个人的失踪，总是先从手机开始。凌美玲不断打电话发短信发微信，没有任何动静。接着，她开始翻看以前从来不看的省报，边边角角都不漏过，根本没有王鸣铗的名字。然后她开始三天两头去省报驻簧城记者站，那个不会笑的打字员小刘不耐烦地说："王站长不在，你打手机给他。"她低声下气地说："打不通，你能打个给他吗？"小刘冷冷地说："我没事，不用找他。"后来，她就干脆死死地守在门口，心想总有一天他要来上班吧。

那天，小刘打完一圈游戏，看见她还赖着不走，终于坏坏地笑了："你真想在这里找到王站长啊，你急，我们报社更着急，头儿都在找他呢。如果他会来这里，还需要你操心啊？"她一听，心凉了半截，刚想咒骂他不得好死，眼睛又红起来，担心他遭遇不测。

凌美玲怎么会甘心呢？从小到大，被父母捧为掌上明珠，何曾莫名其妙被人晾在一边，竟然连个理由也没有。难道她就那么不值得别人一个回头一个眷恋吗？走出记者站，她像个幽灵一样飘荡，只能去他们曾经一起去过的电影院、餐厅、公园、小巷……最后，她都不知道，自己究竟是在找人，还是在找那段短暂美好的回忆。就在一路找寻中，她感觉有个影子飘忽不定，时有时无。是自己神经过敏吗？是啊，有谁会来跟踪她呢？虽然同事们都叫她"林妹妹"，不是因为她有林黛玉的才貌脾性，恰恰相反，她相貌平平、才华平平，只不过和林妹妹一样怯弱、胆小、楚楚可怜罢了。

那天黄昏，凌美玲第五次从记者站走出，一阵寒风掠过，那个身影又一次飘过，她忍不住打了个寒战，顿时，疑惑和恐惧冲淡了所有的思念、痛苦、担忧与焦虑，她决定放弃寻找，也忘记这个男人。又不是没失恋过，就当再买个教训，再一次看清天底下男人的无情面目罢了。她从来就是个知难而退的人，何况，人家从来没有说过一句求爱的话，也没有提出任何非分要求。但，他是那么儒雅博学多才，又目的明确态度诚恳，而她已经让自己空窗了整整两年，才走出那场童话般校园恋情的失败阴影。哎，正如父亲生前所说的，一把钥匙开一把锁，一物总有一物来降。她正庆幸可以告慰父亲的在天之灵时，他却失踪了。

簧城的冬天又冷又湿，一场冬雨刚刚呼啸而过，恐龙大道上的银杏树叶纷纷飘落，像一曲含悲带泪的伤秋宋词。绝望之后的空灵虽然还是绝望，却总算卸下重担，让这场由王鸣铗带来的病见鬼去吧，现在，她要回到恐龙博物馆，回到两点一线的生活，宅成一只永不被伤害的刺猬。

正在此时，手机突然响起，凌美玲心头一阵哆嗦，残留的一点希望又被勾起，会是他打来的吗？她掏出手机一看，心断崖似的往下坠，又很快被提领起来，是李大炮——博物馆馆长打来的。

二

"你在哪里？"

"我——我——马上就到，在——在路上。"

"又迟到？你最近是不是把魂丢给那个记者了？快点到我办公室，找你有事。"

凌美玲感觉到李大炮的气急败坏，她不禁有点紧张，会有什么事呢？难道我谈恋爱也要他管？李大馆长的眼里除了小咸豆和几个与他关系暧昧的讲解员外，根本就放不进别人，莫不是小咸豆告的密？对，一定是小咸豆！她隐隐感到事情不那么简单。

果真，见到李大炮的时候，他正不断地转圈踱步，估计她再不出现，办公室的瓷砖都要被磨掉两厘米。

馆长李大炮，真名李大利，是恐龙博物馆第一任办公室主任，全国著名恐龙研究专家。他最大的特点是喜欢攀龙附凤，市级乃至省级领导全是他的哥们亲戚，吹牛吹得离谱，因此绰号李大炮。创馆馆长陈利群荣升文化局局长后，他理所当然接替这个位置。只是时光催人老，转眼十来年，官场上人来人往，上上下下，李馆长却像一枚螺丝钉，被深深锁进这个博物馆，与恐龙天荒地老。他也曾牢骚满腹，很快就被岁月这把尖刀斩割得七零八落，最终认命。不认命又能如何？不过，他对这个半死不活的博物馆，真是爱啊！不止一次在大会小会上饱含深情地说："这个博物馆就像我的儿子，我是看着他长大的。"大家都忍不住发笑，好吧，就让他自己守着这个不长进的儿子终老一生吧。

李大炮的办公室很大，四面墙体全做成柜子，装着满满的，不是关于恐龙的各种书籍就是恐龙标本、恐龙玩具，要不就是恐龙图片，活脱脱一个恐龙大世界。

凌美玲硬着头皮走近他，问："馆长，找我有事？"

李大炮没注意到她的到来，吓了一跳，大声叫起来："凌美玲，你吓得我还不够啊！"

凌美玲大气也不敢出一口，不知发生了什么事，让李大炮如此生气。

李大炮感觉到自己的失态，稳定一下情绪，从上到下将她瞅了一遍，然后鼻子里哼了一声，招招手说："过来看看，你都做了什么？真没想到啊，我们的林妹妹也会做这样的事！"

凌美玲跟着李大炮来到宽大的大班桌前，凑近一看，脑袋"轰"的一声，心跳骤然加快，脸色变得青白。只见有点昏暗的画面里，她嘴里叼着手电筒，撅着屁股，正忙不迭地在鸭嘴龙化石上刮土装土，时间正是两个月前的那个中午。

天啊，自从王鸣铗失踪后，凌美玲一心沉浸在寻找、思念、愤怒、痛苦、担忧之中，居然忘记自己曾经干过这事，而这正是王鸣铗委托她做的唯一一件，也是最后一件事。

那是普通一天的中午，凌美玲趁大家还在吃饭之际，悄悄离开食堂，返回展览厅。在步入鸭嘴龙化石红线禁区前，她将整个展厅的电源关掉，然后举着手电筒，脱下高跟鞋，蹑手蹑脚找到王鸣铗指示的棒状坐骨与耻骨交接处。手电筒往里一照，果真在骨头之间附着一些干土。老天，她在博物馆待了五年，天天经过这里，不知道这个犄角旮旯果真藏有土？凌美玲戴上薄薄的塑胶手套，用小刀轻轻一刮，那层土就像久别重逢的亲人，悄无声息地落入手掌，她手忙脚乱装了一小袋，迅速放进左边口袋，然后再打开电源总闸，贼一样逃离现场。贼，凌美玲从小就乖得出奇，什么时候像贼了？这个改变让她有一种微微的快感。

将土交给王鸣铗之前，凌美玲鬼使神差地将不多的土分成了两袋，偷偷留下一袋。她忘不了王鸣铗接过那袋土时，两眼放出的光芒，他紧紧握住凌美玲的手，连声道谢。凌美玲心头一热，顺势扑到他怀里，居然忘记正是下班时间，虽然每次她都有意推迟半个小时才出来，也忘记问他，要这土做什么？哎，被爱情冲昏头脑的女人啊！

　　奇怪，不是将整个展厅的电源总闸都关了吗？怎么还会有监控？凌美玲心里嘀咕着。

　　她的疑惑一下就被李大炮看穿，他冷笑道："你坏就坏在把电源总闸关掉，我们的应急电源才会自动启动，应急监控也会跟着自动启动，所以说，若要人不知，除非己莫为！"

　　凌美玲赔着笑说："馆长，不就是一点破土吗？闹着玩的，您别介意啊。"

　　李大炮"嚯"的一声站起来，指着凌美玲的鼻子说："一点破土？闹着玩？你什么不好玩，玩这个？你，你，你究竟想做什么？"

　　凌美玲被气急败坏的李大炮吓坏了，不敢吱声。她突然想起，王鸣铗正是拿到这袋土后不久失踪的。这土里究竟藏着什么秘密？凌美玲心中一震，低头沉默。李大炮却不让她沉默，他不断追问："你把那些土弄到哪里去了？给那个记者了？他在哪里？找到他，找回土！"

　　"不就是刮了点土而已嘛，又没破坏恐龙，就是好玩呗。"他越是生气，凌美玲越要装着若无其事的样子。

　　"你，你，你——这些土可不是一般的土，否则那个记者能用上美男计吗？你呀，是不是想嫁人想疯了？"李大炮突然停下来，不说话了，因为他看到凌美玲骤然变色的脸。静默半天，看她并没有发作，又像打了鸡血，接着说："你现在，马上，立刻去把那个记者找回来，把你偷的那袋土找回来！要不是看在你父母的份上，我绝饶不了你！"

凌美玲从小就被父母老师呵护得认为整个世界充满爱，李馆长也从来没这样声色俱厉对待她。她又羞又气，满脸通红，抹着眼泪推开办公室的门，发现一个娇小的身影正匆匆离开，跑进电梯，有点像那个飘忽在她身后的身影，不是小咸豆还能是谁？她想追上去问个究竟，电梯已经关门下行。她急忙从楼梯跑下去，没能堵住小咸豆。她站在电梯旁，思索着去哪儿，办公室？家里？她现在一个人也不想见，最好有一个地洞，做一只没有思想的鼹鼠。她已经够没思想了，什么事情也不愿去多想，哪想到还是惹火上身？哎。

凌美玲不知不觉来到馆门外的恐龙大道。恐龙大道是恐龙博物馆的配套工程，为了能与恐龙化石相匹配，恐龙大道两边的道旁树是高大的银杏树。每年深秋过后，恐龙大道就变成一条金黄的绸带，像佩戴在恐龙博物馆的纱巾，艳丽迷人。这时，死一般沉寂的恐龙博物馆才会有一丝生气，准新娘新郎们，任凭抬着长枪大炮的摄影师摆弄，在银杏树下搔首弄姿。如今，银杏叶早已在他们的喧嚣声中飘落干净，整条大道除了自己连个鬼影都没有。

三

寒风嗖嗖，吹得凌美玲缩头缩脑，浑身哆嗦。李大炮的话一句句撞击着她的心。是啊，王鸣铗到底想干什么？难道他接近自己的目的就是为了那点土吗？王鸣铗是自己从小咸豆手中夺过来的。她将那天初次见到王鸣铗的过程细细梳理一遍，突然有了惊人的发现。

先说小咸豆吧。她真名张思璇，头小腿短胸脯平，怎么看都像个发育不良的未成年少女，据说毕业于一所体育学校的动物医疗专业，因为恐龙也算动物，所以她到恐龙博物馆工作也算专业对口。不过，其实她是馆长李大炮的表外甥女。小咸豆小就算了，还够咸，深刻领会物竞天择适者生存的真理，但凡单位需要争抢的活计，她总是冲在最前头，所以被大家集体命名为"小咸豆"。

那天，小咸豆带着个比她高大半个头的帅哥进来，凌美玲正好抖着发麻的双腿从厕所出来，三人撞了个正面。那帅哥看一眼凌美玲，又稍微凑近一步，看了看她的胸牌，双眸一亮，连忙递过来一张名片，上面写的是："海东日报驻簧城记者站站长　王鸣铗。"

凌美玲急忙将湿漉漉的双手藏到裙子后边擦了擦，然后双手接过名片，幽幽道来："王——鸣——铗——长铗鸣鞘边，烽火列边亭，好一个响当当的男子汉。"师大四年中文系本科不是白读的。

王鸣铗会心一笑，说："看来凌小姐不仅人漂亮，而且学识渊博哦。"

小咸豆不耐烦地尖着嗓子说："王大记，快走吧。"王鸣铗俯下身，温和地对比他矮半个身子的小咸豆说："对不起，张小姐，其实我是想请凌小姐解说的。"

凌美玲勇敢地接过小咸豆射出的足以杀人的眼神。多接待一拨客人只是多计两分绩效而已，不要也罢，但为了小咸豆的那点杀气，其实更为了王鸣铗眼中的亮光，她领了。从此，她就和小咸豆结下梁子，好几次王鸣铗来接她下班，都会"巧遇"小咸豆，小咸豆总是将胸脯和眼睛抬得高高的，不瞧他们一下，高跟鞋噔噔噔一路踩远，像一团熊熊燃烧的怒火。

表面上看，凌美玲和王鸣铗的巧遇天衣无缝，她还一度以为自己拼的是颜值是才华。现在回想起来，有两个细节值得怀疑：一是王鸣铗刚见到她时，并没有表现出多大的惊奇，而是看到她胸牌后，才将名片递过来；二是他对小咸豆说的"其实"两字不通顺，唯一的解释只能说他一开始就想请自己解说的，只不过某种原因，才使他改变了主意。当她和王鸣铗正式交往后，同事曾告诉过她，王鸣铗第一次来的时候就直接点她的名，但小咸豆说她请假了，并自作主张为他讲解。她没有把同事的话放在心上，以为是故意挑拨她和小咸豆的关系。博物馆人少鬼多，同事之间钩心斗角，不亚于一个联合国。这样一分析，凌美玲猛然意识到，自己和王鸣铗的相遇，一开始就是他设好的局。

是自己太作，还是他太费心？而让他不惜牺牲色相博得的那一小撮土，究竟有何作用？"不惜色相！"凌美玲苦笑地摇摇头，真不愿意用这样的词，侮辱他，也侮辱自己。土，该死的土，它到底有什么问题，让王鸣铗如此大费周折，让李大炮这样如临大敌？

凌美玲决定拿出私藏的那一小袋土，去省城，找自己的闺蜜——高唱。当时下意识地留下一小袋土，或者就是冥冥之中的指引吧。她不甘心就这样被欺骗和利用，她一定要搞个水落石出，看一看那个人的真面目。

其实凌美玲早该怀疑，却被王鸣铗帅气的身影遮蔽了百分之八十的智商。他是以一个普通参观者的身份进入恐龙博物馆的，却像一个行家里手，对恐龙、对博物馆了如指掌，甚至当起凌美玲的老师。但这个老师温良恭俭让，让她不仅心服口服，还钦佩不已，心生爱慕。她也曾傻乎乎一脸崇拜地问过，为什么对恐龙的了解那么专业。他说大学虽然学的是新闻专业，却是学校骨灰级的恐龙研究小组成员。他还说，簧城作为南方恐龙化石的重要发掘地，他们研究小组还组织考察过，听过李大炮作的专题报告。

那天，当王鸣铗提出让她弄一些鸭嘴兽恐龙身上的土时，凌美玲有点匪夷所思。鸭嘴兽是簧城恐龙博物馆的镇馆之宝。别看一个博物馆那么大，单是展示厅就有六个，各种恐龙虚虚实实、真真假假、良莠不分。真正有价值的，就是十五年前在后禹村挖出来的这架鸭嘴兽恐龙化石。但是，这架鸭嘴龙化石能像模像样地站在大家面前，是经过多少专家之手，多少工序啊，清洁、防护、重组，怎么可能还有土呢？

王鸣铗打开手机相册，一张一张翻照片给凌美玲看，天啊，全是鸭嘴龙恐龙化石各个角度的照片，几乎没有放过每一寸地方。看来他经常陪她上班,不是白陪的。他指着其中一张照片说:"这个地方一定有土。"凌美玲瞪大眼睛仔细辨认,才看出,这是几乎呈垂直状态的棒状坐骨与耻骨交接处。

凌美玲还是拼命摇头:"不可能!不可能!"

王鸣铗想了想,说:"要不咱们打赌,如果有土呢?"

凌美玲说:"赌就赌,如果我赢了,怎么办?"

王鸣铗不假思索地回答:"如果你赢了,我请你出国旅游,透透气,好吗?"

凌美玲心中一动,都说想和一个男人确定关系,就和他来一场浪漫的旅行,反之亦然。哎,现在想起来,真是自作多情!

王鸣铗又问:"如果我赢了呢?"

凌美玲小手一挥,说:"我请你吃饭就是。"

"不行。"王鸣铗笑道。

"那你想要什么?"凌美玲歪着脑袋等待他提难度大一点的要求。

"帮我把那里的土弄一些出来就可以了。"他还是微笑,似乎有点玩世不恭的味道。

他的笑容太迷人,太像那场校园爱情的男主角,凌美玲一时有点恍惚,可她还是想极力抵抗:"不行!违反规定的。要土,你向李大炮要。你是省报记者,他一定会听你的。"

"不能让他知道。这些恐龙是他的宝贝,他小气得要命。这个光荣任务,只有你能够完成。"

凌美玲想想也是。"现在知道我的作用了吧?"她得意地

晓来重灈

笑了。

"那当然。"他伸出手指，笑道，"敢不敢拉钩？"

她毫不犹豫伸出手，两人异口同声地说："拉钩上吊，一百年，不许变！"这是簧城的孩子们打赌时的誓词。

四

"苍天啊，上帝啊，告诉我，你是怎么减肥的？啧啧啧，看看这瓜子脸，这小蛮腰，我也要——要——"高唱的见面礼总是那么一惊一乍，即使已经读到师大生物系博士，也和小时候一模一样。凌美玲拨了拨高唱的短发说："帮忙把这袋土化验一下，就告诉你减肥秘诀。"

高唱接过袋子，晃了晃说："小意思啦。不过呢，先吃饭，肚子一饿，王子送上门都无力消受，哈哈哈！"

高唱在美食与减肥之间摇摆纠结了十多年，还将继续纠结摇摆下去。吃完饭，她带着凌美玲来到师大生命科学院的土壤实验室，打着饱嗝俯在显微镜下仔细察看，凌美玲则斜倚在旁边的座椅上，久违的睡意居然悄无声息光临。不得不承认，高唱是她的良药。

"凌，这土哪里来的？"高唱的问话将凌美玲惊醒。她心里咯噔一下，揉了揉眼睛，下意识地说："簧城啊。"

"不对吧。簧城地处亚热带，北纬30度，90%的森林覆盖率，湿度和肥度都无与伦比，就像年方二八的少女，而你这袋土明显干瘪枯瘦衰老，一看就不属于我们可爱美丽的家乡。"高唱一旦涉及她的专业，就会立即令人心生敬意。

凌美玲蓦地站起来，问："不是簧城会是哪里的？还望高博士指教。"

高唱指着环绕四周的密密麻麻的玻璃罐说："嗨……我能吃上最喜欢的炭烤鱼、石锅鱼、酸菜鱼、松子鱼，还有干蒸鸡、柴火鸡、白斩鸡，还有……老实说，靠的就是这些土啊。"

凌美玲忍不住笑了。只是她今天无心玩笑，急着问："别转移话题，快说，这是从哪里来的土呢？"

高唱说："第一，这些泥土是附着在某种动物骨骼身上，时间非常长，我怀疑是从化石上分离出来的土壤；第二，它不属于南方，刚刚我还怀疑是从簧城的恐龙化石上分离出来的，可一看土壤成分有细微的差别，只有北方才会有这种土壤。苍天啊，上帝啊，你究竟从哪里弄来这些破土？你究竟想做什么？"

其实早该知道，王鸣铗需要的这土里，一定藏有惊人的秘密，只是，凌美玲不愿意面对而已。她问："如果告诉你土的来源，你会保密吗？"

高唱捂住耳朵说："不听不听，我一定会泄密的，与其到时被杀人灭口，不如你自己守口如瓶吧。"

凌美玲拉下高唱胖胖的手臂，凑近她的耳朵，一字一顿地说："不听也得听，如果我告诉你，这些泥土就是来自簧城呢？"

高唱疑惑地回应一声："哦?！难道是我判断有错？绝对不

可能！你可以不相信我，但你不能不相信科学！"高唱坚定地摇晃着她的大饼脸。

凌美玲不得不佩服高唱的专业水平，她说："这些土确实是我从鸭嘴龙化石身上刮下来的。"

高唱瞪大眼睛："不可能吧？那么干净漂亮风华绝代的，咱们簧城的镇城之宝身上居然有来自远方的土？凌，你可从来没骗过我哦。"

凌美玲看着高唱夸张的表情，意识到她的麻烦大了，再傻的人也能够想到一个简单的逻辑——如果土壤不是簧城的，那么恐龙化石也就不会是簧城的。她无意中捅了一个马蜂窝，难怪李大炮会对自己的鲁莽行为大发雷霆。

凌美玲更加担心的是，王鸣铗显然知道恐龙化石有问题，那么他获得土壤的目的是什么？

凌美玲不敢再纠结下去，连忙搂着高唱的肩膀转移话题："好啦，其实我就是想你了，找个借口来看看你嘛。"

高唱最经不起凌美玲发嗲，立即说："想来就来嘛，还要找袋破土来考我，是不是担心我不好好读书天天向上？快找个人嫁吧，等当你的伴娘，等到头发都白了。"

凌美玲的心情跌落到谷底，与恐龙化石相伴的日子，让她都快变成古墓里的小龙女了，好不容易来个有感觉的，下场却如此惨痛。她勉强笑了笑，说："还是你先嫁吧。"

高唱说："那我不客气啦。"说着，随手将那袋土丢进垃圾桶。凌美玲尖叫一声，将土从垃圾桶掏起来，说："这是我好不容易弄来的，你好歹帮忙验验，究竟是怎么回事？为什么簧城出土的恐龙，身上带的土居然不是簧城的？”

高唱不可思议地望着凌美玲说："啧啧啧，小脸蛋都发白了，难道这个结果对你很重要吗？"

凌美玲神色黯淡地望着高唱，点点头，叹了口气："好吧，我输了，告诉你一个灰姑娘的不幸故事。"

高唱听完凌美玲哀怨的陈述，故作轻松地说："凌，爱情的小船翻了还有我友谊的小船呢。精细的土壤分析至少需要一周时间，到时我打电话告诉你。不过，眼下最重要的是分析分析王鸣铗这个人，他是谁，目的是什么？如果他是个坏人，那你就成了帮凶。"

凌美玲抱住高唱，轻轻说了声："我不敢想。"

高唱说："别怕。咦——你说，这个王鸣铗会不会是骗子，他根本就不是省报的记者呢？"

凌美玲浑身一震："不会吧，骗子有这么帅的吗？"

高唱哭笑不得："谁规定骗子就不能帅了？他骗色又骗财，还不够吗？"

"什么呀？他没有骗……骗……"凌美玲叫起来。

"好吧，好吧，还差最后一里路，你就要财色双失了。不过，至于他是不是省报的记者，我倒可以查证。"高唱说。

高唱说有一个刚离婚的男人正在追求她，正是省报总编室的副主任，今天就便宜他，让他买一回单，顺便提供第一手资料。凌美玲的动车是晚上八点的，提前吃个晚餐还来得及。

晚饭安排在距离动车站附近的一个粤菜馆，离婚的副主任，姓钟，清瘦斯文，又是点菜又是倒茶，十分兴奋。如果不是年龄大了些，倒是个不错的选择。

高唱很自然将话题引向报社，然后引到簧城记者站。钟副主任对报社情况果然了如指掌，一来二去，基本摸清了王鸣铗的情况。王鸣铗确实是簧城记者站站长，名校毕业，有才气，恃才放旷，喜欢独来独往，胆子很大，几次稿件都差点出事，领导怕吓出心脏病，就把他踢到簧城的记者站。不过，到了簧城也不得安生，现在连人影都见不到，领导说再不去上班就登报开除，别出了事负不起这个责⋯⋯

五

还有一个小时才能到达簧城，内心的翻江倒海让凌美玲坐立不安，她索性离开座位，穿过车厢，往厕所方向走去。车厢很窄，走廊更小，当王鸣铗戴着鸭舌帽迎面走过来时，两人谁也无法回避，就像第一次见面一样。只能说，无巧不成书。

他又黑又瘦，双眉紧蹙，心事重重，见到凌美玲那一刻，眼眸一闪，那道亮光曾经是凌美玲最为熟悉、温暖、心动的。只是，今非昔比，凌美玲已经决定忘记这道亮光，她扭头，转身，往回走。一直到下车，出站，王鸣铗都远远地跟在凌美玲后面。这让凌美玲心情十分复杂。这算什么事？千呼万唤不出来，一出来又轰不走。两人一前一后，一道坐上一辆的士。王鸣铗吩咐司机："到海东驻簧城记者站。"

华灯初上，记者站内一片漆黑，王鸣铗放下行李，开始煮水泡茶。凌美玲望着这个熟悉又陌生的身影，他带给她的，究竟是幸福还是伤害？

两人都沉默不语，盯着水壶，等水开。终于，还是凌美玲忍不住开口了："你究竟是谁？为什么来簧城？找我的目的就是为了那袋土吧？里面藏着什么秘密？"

王鸣铗不慌不忙地洗杯，烫杯，泡茶，斟茶，然后端起茶杯，深深啜了一口，仰头叹道："还是簧城的桃源绿茶好喝啊！你也尝尝。"

凌美玲盯着他，一动也不动。

王鸣铗又为自己倒了一杯，说："趁热喝，第一泡第二泡才是精华，往后啊，这茶就越来越淡，没味道了。"

凌美玲冷冷地说："我不是来陪你喝茶的，你把那袋土还我吧，从此咱们桥归桥，路归路，互不相干。"

王鸣铗将茶一饮而尽，然后说："对不起，是我不好，让你担心！你要怎么罚我都行，只是那袋土没办法还你，我已经送到北京化验了。"

凌美玲一惊，这正是她所预料的，她问："化验结果如何？"

王鸣铗说："结果和我想象的一模一样，我又去了这土的故乡进一步验证，这一来一去，差不多一个月。"

凌美玲说："这就是你失踪的原因？"

王鸣铗说："因为我不知道结果如何，也不知道会遇到什么困难和危险，更重要的是，我不想，也不能把你卷进去，我想，时间会淡化一切，治愈一切的，你很快就会把我忘记，很快……对不起，抱歉！"

凌美玲一时气结，强忍泪水说："我最讨厌男人说抱歉！我不要抱歉，只想问两个问题：第一，你要那土究竟做什么？第二，你根本就是在利用我，对不对？博物馆有十五个在编不在编的讲解员，为什么偏偏要找我？你到底想干什么？"

王鸣铗低头艰难地说："我承认，一开始我是在利用你，但是你是那么美丽、纯洁，我不敢，也不能把你卷进来。"

他接着说："你很困惑，我要鸭嘴兽恐龙化石上的土是做什么用，因为我要证实一种一直以来都有的传言，那就是，簧城的恐龙是假的。"

是的，自从簧城发现恐龙之后，关于真假和是否骗局的传闻就屡屡出现，但很快就被政府的官方权威发言压下。近些年，随着网络的快速发展，质疑簧城恐龙真假的言论又开始甚嚣尘上。只是，凌美玲从来不关心这些，恐龙博物馆是她和母亲两代人的衣食父母，也是让簧城挣脱污染产业增加文化底蕴的契机，更是像高唱这些新一代在外簧城人的乡愁寄托，而且，她也不愿相信那些道听途说、凭空想象的质疑。

"其实，我们已经收集了不少证据，只是还缺少一个最重要最直接的证据，我只能利用你，获得恐龙身上附着的泥土。当然这些泥土并不好找，而且不一定能成为证据。不过，假的毕竟是假的，再怎么完善的谎言都一定会露出破绽。我去北京找到最权威的土壤专家检测，证实了之前的怀疑，你弄的那一小袋土，将是戳穿谎言的最有力的物证！谢谢你帮了大忙。"

王鸣铗的解释让凌美玲渐渐平静下来。她问："好吧，就假设你们的质疑成立，如果簧城没有恐龙，为什么要凭空制造一个恐龙之城呢？"

"肯定是为了政绩，为了一帮人的私利。但是怎么会想出用恐龙来出政绩，我也还没搞清楚。最初的谎言是怎么出炉的，就是说谁是始作俑者，我看这些只有李大炮最清楚。"王鸣铗说。

"李大炮胆都快吓破了，他要我务必找到你，要回那袋土，否则找我没完。"凌美玲苦笑道。

王鸣铗点点头说："嗯，这就印证了我之前的猜测，如果没有秘密，没有谎言，他害怕什么？只是很抱歉，不该将你卷进来。"

"我不怕受委屈，就怕被坏人骗，只要你干的是正事，我愿意和你在一起！可是，你这样突然就失踪，突然又出现，让我怎样相信你？"凌美玲凄婉一笑。

"我不能不这样做啊，如果我大摇大摆做事，那么连簧城都走不出去，根本不可能到北京化验土壤。我不能待在记者站，连报社都不能知道我的行踪，否则马上就有人做我的保镖。这里的水很深，我现在都不知道什么时候才能踩到底。"

凌美玲问他："你不过是个记者，又不是警察，不是纪委的，为什么要冒这么大的险，费这么大的劲，去戳穿一个已经存在了十几年的、既成事实的谎言？"

王鸣铗被问住了，他沉思片刻，说："你曾经说过，我的长辈给我取鸣铗这个名字，是想让我当一个有担当有责任的男子汉！而且我的外公，也和这个事件有千丝万缕的关系，他在这场正义与邪恶的斗争中败下阵来……我以后再告诉你吧……"

六

王鸣铗还是像往常那样送凌美玲回家，在小区门口，他说："近期，我们尽量少见面，等完成任务之后，好吗？"

凌美玲点头。

他将行李递给凌美玲，又握了握她冰凉的手，转身离去。

心事重重地打开家门，凌美玲发现母亲赫然坐在客厅沙发上，双手抱胸，满脸冰霜，她心中暗暗叫苦。自从父亲去世后，母亲的神经衰弱越来越严重，每天都硬邦邦地坐在客厅等她回家，无论多晚。

"以后不要和那个记者来往了。"母亲今天的第一句话居然是这个，让凌美玲又惊又怒。

"为什么？"凌美玲叫道。前段时间母亲不是还很高兴地邀请"那个记者"来家做客吗？

"我怎么生个这么笨的女儿，一点也不像我！"反正优点都像她，缺点都不像她，母亲每次都是这样推卸责任。

"我和他来往怎么啦？你怎么知道的？哦——李大炮告状

了？"

"什么叫告状？第一，我们本来就是老同事，他当办公室主任时，我是博物馆第一任讲解员，我们偶尔通通电话不行吗？第二，他是馆长，我是家长，我们都是为你好，互相通气难道不应该吗？再说了，为了你，我提前退休，每天混在一群老阿姨圈内唱歌跳舞的，你还不珍惜，真是气死我啦！"母亲一旦控诉起来，那真是一板一眼，青衣功底基本还在。

"咦——对了，妈，你当年是汉剧团的当家青衣，为什么要去陪一群天荒地老的恐龙呀？"凌美玲趁机转移话题。

"还不是为了你，汉剧团经常要外出演出，没日没夜的，你读书要紧，还是我唱戏要紧？不知好歹的家伙。"母亲狠狠戳一下她的脑门。凌美玲夸张地"哎哟"一声。

"哦，簧城的恐龙就是那时候才发现的吧？也就十来年时间。"凌美玲掐指一算，那年她十五岁，正在为刚刚鼓起的胸脯和月经初潮烦恼，根本没去注意母亲变动工作和簧城恐龙的横空出世。不过她现在很想知道。

"是啊，那时候整个簧城灰头土脸的，四周全被水泥厂包围，是陈政书记来后，不仅发现了恐龙，还将水泥厂像拔钉子一样，一个一个全部拔掉，那个难啊！然后就种上那么多银杏树……"只见母亲的眼神迷离，仿佛穿过时间隧道，回忆美好往事。凌美玲静静听着，生怕她的话突然中断。

"他说，唯有银杏能与恐龙相匹配，一个是植物界的活化石，一个是动物界的翘楚。或许银杏就是恐龙灭亡的历史见证者，那么今天就让银杏见证恐龙重见天日，见证簧城改天换地。哎，说起来容易，做起来难。要知道拔掉那些水泥厂，等于敲掉半个簧城人的饭碗，每天市政府门口都有一波又一波上访的工人。还有那些碗口大的银杏，贵得吓人，插蛏一样种，当时好多人反对，说银杏就缓一步种吧，先安顿好下岗工人再说……"

母亲一谈起陈政这个名字，仿佛比谈到死去的爸爸还激动，她是不是和那个陈政有过一腿？或者是曾经动过心？汉剧团的台柱，领导的床柱，有什么不可能的？不过这都不是凌美玲最想知道的。

"谁反对得最凶？"凌美玲问。

"还能有谁，那个'二锅头'呗。"母亲脱口而出。

"'二锅头'是谁？"凌美玲依稀记得这个绰号，但由于时间久远，印象模糊。

"'二锅头'就是当时分管农业的郭副市长，也是你爸的顶头上司。"母亲顾不上讨伐凌美玲，却被凌美玲一步一步套进回忆。

爸爸当年是市政府农经办主任，那时市政府有两郭，一个是郭副市长，一个是快退休的郭秘书长。虽然秘书长职位较低，但是年龄大资历老位置显耀，称大郭，而郭副市长年龄稍小，又爱喝酒，称"二锅头"，据说他本人很喜欢这个绰号。遥远模糊的记忆渐渐清晰起来。

"现在两郭都没了，你爸也没了，时间啊，比刀子还快。"母亲一提到父亲，就很伤心，凌美玲更伤心，父亲得的是胃癌，从发病到去世，仅仅半年，那时凌美玲读大四，父亲的去世终结她的校园爱情童话，改变她的人生轨迹，因为她必须回到这个小县城陪伴孤独的母亲，而童话的男主角只能孑然一身飞往大洋彼岸，那曾经是两人的约定。

"'二锅头'是怎么没的？"虽然凌美玲没有听到自己想要的信息，但新的好奇又被激发起来。

母亲突然推开凌美玲，站起来，说："你这孩子，有完没完，不说了。回到正题，警告你，绝对不许和那个记者来往，听见没？"

"都什么年代了，还搞家长包办。又要催我嫁人，又要横加干涉我的自由恋爱，你说我该怎么办？"凌美玲嘟起嘴，做撒娇状。

母亲愣愣地看着凌美玲，半晌，长长叹了口气，说："以后你就会知道的，当妈的永远都是为孩子好！"

母亲又说了句："你不要卷进那些乱七八糟的事情，不值得。简单生活，简单工作，人一辈子啊，短得很，一不小心就走完了。"

凌美玲问："你知道我卷进什么乱七八糟的事？"

母亲说："你心里那点小九九，我不用 X 光都能照得清清楚楚明明白白。你当我是瞎子聋子？"

凌美玲问："妈，你还知道什么？"

母亲摆着手说："我什么也不知道。别问我，快去睡觉，还嫌自己不够累吗？"

"喂，妈——李大炮有没有对你有过非分之想啊？"凌美玲走了几步，突然回头问她。

"他敢——他没这个豹子胆，我也看不上他。"母亲得意地回答。

夜已深，凌美玲很累了，睡吧睡吧，但越来越大的谜团，让她睁大双眼，一夜未眠。

七

银杏叶子终于掉光了，树丫光秃秃的，地面的落叶也被打扫干净，恐龙大道像卸了妆的演员，黯淡无光。

李大炮问凌美玲："那袋土呢？"

凌美玲从坤包里小心地掏出一个盒子，从盒子里拎出一小袋土，手掌"啪"一声，拍到办公桌上，悲愤地说："我终于找到王鸣铗，他竟敢欺骗我的感情，现在泥土拿回来了，我和他井水不犯河水了，这个臭流氓……"凌美玲说得理直气壮，其实心里发虚，随便弄的一点泥土，哪能骗过李大炮的法眼吗？

李大炮看了看那一小袋土，脸色放缓，真诚地说："小凌啊，我不是故意要为难你，你如果真的找不到那个记者，要不回那袋土，不仅你，还有我，还有我们的恐龙博物馆都会很麻烦的，明白吗？你继续留意王鸣铗这个家伙，暂时不要和他一刀两断，利用他对你的信任，不能让他干坏事。"

"什么叫干坏事？"凌美玲故意问他。

"绝不能让他讲我们恐龙博物馆的坏话。"

"不行啊，馆长，我已经和他恩断义绝了，我再也不想见到他！"凌美玲为难地说。

"你不会装吗？像你母亲演戏那样。"李大炮循循善诱，"这个王鸣铗要找博物馆的死穴。你还小，不懂得其中的利害。这段时间馆里不安排其他任务，你的任务就是找到他，一旦有什么不利于馆里的举动就立即向我报告，明白吗？"

凌美玲脑子迅速飞转，王鸣铗会有危险的，凉飕飕的感觉直袭后背。她掉头离开。

光秃秃的银杏大道后，连天的芦苇荒草在寒风中瑟瑟发抖，两边衰败的亭台楼阁、别墅高楼，像一抹剪影，在风中草中忽隐忽现。凌美玲不知不觉转过这片荒芜的别墅群，来到附近的后禹名苑。

后禹名苑就是后禹村被拆迁后政府统一修建补给他们的小区。虽然凌美玲在恐龙博物馆工作了五年，但几乎没有靠近过这个小区。因为天性懒怠，无关的人或事，基本不管不问。今天鬼使神差的，她不知不觉走进去。

记得当初王鸣铗经常很准时出现在银杏大道上等凌美玲下班，凌美玲既惊喜又好奇地问过他："怎么不用上班？那么有时间泡妞？"

他笑着指着身后的后禹小区说："我最近的采访任务就是它，所以工作泡妞两不误。"凌美玲并不以为然。有几次不经意间翻他的采访笔记，的确都是后禹小区的采访资料。幸福时，一切都是无心，一旦失去后，在调动所有脑细胞拼命回忆时，那些曾经无心得到的零碎信息就会陆续浮出水面，并会发现有惊人的因果关系。

后禹小区只建了不到十来年，却又破又脏，杂乱无序，不少墙面已经剥落，没有人车分流，各种乱停乱靠的汽车、摩托车、自行车占据了原本就逼仄的通道。花圃已不见花草，种了不少葱姜蒜，还延伸到外边的破盆破罐，都是些凤仙花、鸡冠花、美人蕉等家常花朵，总之，这里不像城里的小区，倒像是盖了一栋高楼的农村。大门右侧一株大樟树下，坐着不少老人，袖着手眯着眼睛在晒太阳。几个老人抬起眼睛，瞄了凌美玲一眼，又继续闭目养神。

凌美玲正漫无目的地走着，电话铃响起，是个陌生来电，凌美玲犹豫地接起电话，才发现是王鸣铗的。他问："在做什么呢？有空帮个忙吗？"

凌美玲又惊又喜，又佯装生气地说："还想害我？"

王鸣铗显然很失望，他说："好吧，那就算了，我挂了。"

凌美玲说："诶——说吧，什么事？"

很快，王鸣铗赶来，两人往小区深处走去，里面一栋楼，七楼顶层。没有电梯，楼道上被许多箩筐锄头杂物堆砌着，不一会儿就走得气喘吁吁。他们来到一扇破败的铝合金门前，王鸣铗用力敲打着。过了好几分钟，门才徐徐打开，一个瘦骨嶙峋的老头一脸警惕打开门。他看到王鸣铗，目光立刻柔和下来，王鸣铗介绍说："这就是我们今天要采访的对象，卢元鸿，卢老伯。"然后又向老人介绍凌美玲是他的助手。老人很热情地招呼他们进屋。

房子很小，到处堆满东西，又杂又乱，唯一干净和醒目的是大厅正中央挂着一张镶黑框的照片，照片上是一个中年男人，眉眼和老人很像。王鸣铗趁老人去厨房倒水之际，碰了碰凌美玲，悄悄地告诉她，相框上的人是卢元鸿的儿子，他是老上访户。

王鸣铗对卢元鸿说："卢老伯，我今天来是再核实几个地方，并对您录像，作为证据，您同意吗？"

卢元鸿点头说："当然同意。"

王鸣铗从包里掏出小型数码摄像机，让凌美玲录像，他出镜采访。"老伯，说说您儿子卢大忠是怎样死的？"王鸣铗开始问话。

卢元鸿瞬间激动起来："就是那帮人害死的。"

"哪帮人？"王鸣铗发问。

"就是陈利群和李大炮那帮刽子手！"卢元鸿的嘴在微微颤抖。

凌美玲一听，脑门轰的炸起来，李大炮！刽子手！

"您怎么知道是他们？有证据吗？"

"大忠死的前一天晚上亲自告诉我的。他说参与挖掘恐龙的工人都被陈利群和李大炮找去谈话了，谁都不能说漏嘴，否则后果自负。后来有人来调查恐龙事件，大忠扛不住，就将真相说出来。那天晚上，他对我说，爸爸，我害怕，有人跟踪他。我告诉他，只要说实话，就没什么好怕的，但是……但是，第二天，公安局的人就来到家里要抓他。大忠正巧从外边回来，一看情况不对，掉头往外跑，他们就在后面追，大忠跑到河边，实在没路走，掉进河里，淹死了。总之，我可怜的儿子再也回不了家，他妈受不了，很快也走了，只剩下我一个孤老头子……"卢元鸿老泪纵横，痛哭流涕。

凌美玲听呆了，她从来没有听过如此惨烈的事情。她以为这些只是存在于新闻里的故事，没想到居然真切地发生在眼前。

王鸣铗似乎早已听过这个故事。他顿了顿，又问："老伯，大忠有什么证据说明恐龙是假的呢？"

"大忠从小就喜欢恐龙，刚好在召集民工挖恐龙，他就报名参加了。他在工作服里偷偷藏了一台傻瓜相机，乘人不注意时拍下前后对比的照片。"卢元鸿微微颤颤地拿起旁边的几张照片，递给王鸣铗，"你看，这就是挖掘前后的照片，原来只是一块石头，只停工了一段，就变成恐龙。"

王鸣铗将前后的照片对准摄像机，两张照片清晰地看出露出泥土部分的不同。

"这些照片是大忠死后，我从相机的胶卷里冲洗出来的。谁也不知道，你们是第一个看到这照片的。"

凌美玲抬着摄像机的手不断抖动着，心嘭嘭嘭地乱跳。

卢元鸿将全部照片郑重地交给王鸣铗："王记者，我老了，说走就走的人了，现在我把全部的照片都交给你，替我家大忠申冤！"

王鸣铗紧紧握住他的双手，默默点头。

从卢元鸿家里出来，凌美玲好不容易下完楼梯，只觉得双腿发软，靠在墙角休息一会。王鸣铗拉过凌美玲，让凌美玲靠在他身上。

"你是不是让次？"凌美玲突然发问。让次是日本电影《复仇的铁拳》中的主角，智勇双全，为家族复仇，曾在20世纪80年代风靡一时。两人曾经一起在网上看过这部电影。

王鸣铗并不回答，反而笑道："我是木村拓哉。你看，我帅不帅？"这个家伙，这个时候还有心情说笑，说着还扮了个酷。

"谁那么大胆，能将卢大忠置于死地？然后又若无其事？真的是我们馆长吗？"凌美玲问道。

"陈利群和李大炮当然没这个本事，只有能一手遮天的人才做得到。"王鸣铗回答。

"一手遮天的人会是谁？难道是母亲的偶像陈政吗？"

"应该就是他。"

"那去调查恐龙事件的人会是谁呢？谁敢跟市委书记作对？"

"只要是正义的人就敢站出来。"王鸣铗说。

凌美玲冷冷地反问他："那你是谁，是为了正义，还是为了复仇？"

"我是一名有责任感的记者。"王鸣铗答道。

八

簧城的恐龙是假的？我们一直生活在谎言中？制造谎言的

始作俑者是谁？到底有多少人卷入其中呢？老馆长陈利群肯定是其中一个，不过几年前已经得肝癌病故了。李大炮，当年的办公室主任，一定也是。凌美玲终于明白他为什么对偷土事件如临大敌。那么王鸣铗扮演什么角色？当年他还是中学生，和恐龙事件究竟有何关联？凌美玲被卡住了，她突然想起高唱，还有那袋留在她实验室的土。"唱，那土你化验出来了吗？是来自哪里的？"她连忙拨通高唱的电话。

高唱嘴里嘟嘟囔囔，不知又在吃什么，好不容易听她咕噜咕噜吞咽下去，才说："你确定那土是从博物馆弄出来的？"

凌美玲说："是的，否则凌美玲的名字倒过来写。"

高唱说："拜托，凌美玲倒过来写，还是叫玲美凌。"

凌美玲也笑了："好啦，切入主题，快！那土究竟是不是属于簧城的？"

高唱答非所问地说："你都已经清楚答案了，还问我干吗？凌，我不想再卷入你这个是非了，什么也不要去管。"

这不是高唱的风格，凌美玲很疑惑。

高唱好像费了好大的劲，将嘴里的东西吞下去，然后长叹一口气，说："凌，无论是不是骗局，你都满足一下好奇心即可，咱们一平民百姓，弱小女子，治国平天下的事情不是咱们能做的。都过去十几年了，假的早变成真的了，再说，咱们从小到大遭遇的谎言还少吗？"

凌美玲问："唱，你怎么啦？热血青年一下就变了顺民啦？"

高唱说："咱们再热血，也只是平民百姓，谁经得起折腾啊，还是吃好喝好，养胖点嫁人吧。"

凌美玲点头说："好的，我听你的，谢谢！"收起手机，凌美玲朝市图书馆走去。

要找到陈政和刘玉成的资料并不难。陈政是副省长，百度输入名字，他的照片和履历就跳出来，虽然年近六十，依然浓眉大眼，英气逼人，履历长长的一串，是他丰富多彩的一生。中间有一段，五年时间，任簧城市委书记。而刘玉成的资料在百度中就显得戏剧性了，最显眼的标题是《刘玉成，空手套白狼的诈骗商》。他欺骗的套路基本相似，到三四线小城市，以做主题公园的名义，将政府的土地变成自己的，然后再转手卖出，从中赚取高额利润。簧城还不是第一个受骗城市，他的终结者是八年前河南的某个县级市。只是刘玉成身陷囹圄了，却丝毫不影响陈政的步步高升。从簧城市委书记到省财政厅厅长，再到副省长……"二锅头"呢？他原名叫郭南方，但在网络上很难找到，毕竟官当得不够大，而且在十几年前就已谢幕，那时网络还没那么发达。百度出的郭南方五花八门，有古筝专家，有小说主角，凌美玲不断翻页，始终没找到"二锅头"的信息。他究竟是怎么死的？王鸣铗和他什么关系？王鸣铗说自己也是簧城人，读到高二才离开簧城，按时间推算，他离开簧城的时间正是发现恐龙的时间，也正是"二锅头"出事的时间，凌美玲心头一凛，她还是要去找母亲，探个究竟。

那天晚上，凌美玲装着让母亲从手机相册中看近期恐龙博物馆的照片，不经意就翻到翻拍的几张照片。其中一张就是王鸣铗的近照。凌美玲装着很慌张，连忙说："错了错了。"凌美玲母亲刚才还看得昏昏沉沉的，突然像打了鸡血，一把抢过凌美玲的手机，只看一眼，就惊呼道："二锅头"。凌美玲说："妈你可仔细看，是郭副市长吗？"她仔细看看，点点头又摇摇头，说："应该是年轻时的郭副市长，你看这剑眉，尤其这鼻梁上微微凸起，一个模子出来的。"

凌美玲的疑惑被解开了，"二锅头"，郭副市长，果真就是王鸣铗的外公。那么王鸣铗所做的一切就变得合情合理的，他是来为外公讨回公道的。只是，陈政已经是副省长了，凌美玲不禁为王鸣铗的处境担忧。

母亲又翻了前一张，是陈政的照片，她看了很久很久，眼圈有点发红，凌美玲小心翼翼地俯下身搂住母亲的肩膀说："妈，他就是制造簧城恐龙谎言的人吧？"

母亲突然发飙，她一把将凌美玲的手机摔到地上，"啪"一声，壳和电池都掉出来，她说："让你别去搅浑水，你偏去，一个女孩子家，万一出什么事，让我怎么活？"

自从父亲去世后，母亲就像守着风中的蜡烛守着凌美玲，万分小心。

凌美玲连忙捡起手机，装上电池和套子，开机一看，完好无损。凌美玲说："都过去十几年了，即使现在发现的一切都是假的，也不影响你的陈书记飞黄腾达。"

"啪"的一声，母亲迅疾地打了凌美玲一巴掌，凌美玲捂住脸，不相信地看着她，这是她第一次挨母亲的打。母亲也惊呆了，她举起那只打凌美玲的手，左看右看，突然一把抱住凌美玲说："妈不是故意的，不是故意的。"

如果换成14岁的凌美玲，会立即转头，来一场潇洒的离家出走，但是28岁的凌美玲已经不会这样做了。她搂住母亲，含泪道："妈，没事，没事。"

母亲摸着凌美玲红肿的脸颊，流泪说："连副市长都不能自保，何况是你们这些小年轻？别不知天高地厚了。"

母亲不过是恐龙博物馆的一个普通讲解员，她怎么就知道得那么多呢？对了，父亲曾经是郭副市长分管的市府农经办主任，是他最得力和信任的手下之一。

等母亲稍微平静下来，凌美玲小心翼翼地问："郭副市长是因为恐龙博物馆的事吗？"

母亲点点头，又摇摇头，说："他是南下干部，咱们簧城资格最老的领导，性子直，眼里容不下沙子，哪能容忍那些关于恐龙的谎言？就是那个陈利群，非说咱们簧城有恐龙，他和李大炮狼狈为奸，请了全国各地不少专家学者来论证，又加上那个刘玉成要来开发房地产，总之，陈政最后就答应了。书记都答应了，谁还敢反对，只有'二锅头'反对，反对得可凶了……"看来凌美玲那巴掌挨得值，她一下竹筒倒豆子，停不住了。

"'二锅头'是怎么死的？"凌美玲必须问到这个问题。

"不知道，不知道！"母亲拼命摇头，浑身发抖，凌美玲紧紧搂住母亲的肩膀，是啊，怎么死的还要问吗？但是母亲为什么那么害怕？

这个夜里，母亲房间传来轻轻的汉剧，那是一段久违的戏——

有日月朝暮悬，有鬼神掌着生死权。

天地也只合把清浊分辨，可怎生糊涂了盗跖、颜渊。

为善的受贫穷更命短，造恶的享富贵又寿延。

天地也做得个怕硬欺软，却原来也这般顺水推舟。

哎，只落得两泪涟涟。

……

自从父亲去世后，凌美玲再没听过母亲唱戏，今天听来，恍若隔世，她的声音沙哑苍老许多，中气也很不足。

九

虽然不用到博物馆打卡上班，凌美玲还是习惯每天早起，然后坐上 39 路公交车，只是在后禹名苑就下车了。然后沿着光秃秃的银杏树林，朝恐龙博物馆走去。

转眼又是一周，再无王鸣铗的消息。

高唱说得对，我们不过是平民百姓，置身的谎言还少吗？又能如何？王鸣铗是想为外公讨回公道，我们为了什么？为了他吗？算了，地下十三米的秘密埋在心间吧，凌美玲决定重回博物馆，毕竟守住饭碗比守住一个飘忽不定的男人更重要。

刚下公交车，踏上恐龙大道没五十米，一辆吉普车"嗞——"的一声，停在凌美玲身边，她扭头一看，王鸣铗坐在车上，朝她点头。凌美玲一下就感觉那朵漂浮的云落地了。

　　王鸣铗声音沙哑地说："我想去见个人，你有空陪我去吗？"

　　凌美玲乖乖地坐上副驾驶室。不知过了多久，汽车开到远郊的一个小村庄，村口一株大榕树，独木成林，葳蕤繁茂。王鸣铗把车停在树下，领着凌美玲往村子走。

　　穿过几条长长短短的小巷，踩过几道深深浅浅的田埂，眼前出现一座五凤楼，虽然破旧凌乱，却依稀可见曾经的风光荣耀。跨过高高的门槛，只见天井的鹅卵石上，站着一位形销骨立的老年人，头发几乎全白，两颗门牙掉落，皮肤蜡黄。虽形容枯槁，却气质不凡，不像务农之人。他一把拉起王鸣铗的手，从上到下看着，嘴里念叨着："长大了，和你外公一模一样。"一边说，一边用袖子抹眼泪。

　　凌美玲听到"外公"两个字，再看着两个大男人眼里的泪水，很是感慨。

　　王鸣铗搀扶着他，两人一起走进西厢房。房内黑黢黢的，依稀可见一桌一椅一柜一床，王鸣铗坐在床上，摸着单薄的被子，说："黎叔，被子太薄了。"

　　那个叫黎叔的正忙不迭地烧水、泡茶，他笑着说："我什么苦没吃过，还怕被子薄吗？今天能见到你，就是明天死了也甘心。"

　　王鸣铗嗔怪道："黎叔，那么苦的日子都熬过来了，还说什么死不死的。"他边说，边悄悄将一个厚厚的像是装着钱的信封塞进被子里。

黎叔泡好茶，端到王鸣铗面前说："对对对，鸣铗长大了，有心来找我，我高兴还来不及呢。"

王鸣铗笑着说："只要是活着，无论在哪里都能找到，见不到的是那个世界的人，永远也找不回来！"

两人一时黯然。黎叔突然指着一直站在门口的凌美玲说："这姑娘是谁？"

王鸣铗走过来，拉起凌美玲的手说："这是我的女朋友。"凌美玲正要挣脱他的手，一听这话，顿时百感交集："我是他的女朋友？！"

王鸣铗又对凌美玲介绍道："黎叔，我外公的秘书，也是从小照顾我的长辈。"

凌美玲大惊。

当年郭副市长被"双规"后，身为秘书的黎叔难辞其咎。他们逼黎叔揭发郭副市长，黎叔不肯，被打落两颗门牙，投入监狱。父母担忧伤心而死，妻子与他离婚，带着孩子远走他乡，所有的财产被没收充公。刚刚出狱的他无家可归，只得回到老家荒芜的祖屋勉强度日。王鸣铗费尽周折找到刚出狱的黎叔，就带凌美玲来了。

黎叔说："陈政原来也是想做一番事业的人。只是听信了一些专家的推测，说什么我们这边的土壤结构和广东河源高度相似，属于同一地质时期，一定会有恐龙化石什么的。他竟听信这个鬼话，于是召集了一批又一批的专家来论证挖掘，终于断定后禹区一定会有恐龙，这才下令掘地三尺，务必要挖出恐龙。"

凌美玲问："结果并没有挖出恐龙，是吧？"

黎叔点点头说："一直挖到地下十三米，挖到一块大石头，大家都很高兴，以为是恐龙化石，结果不是。那个陈利群，纯粹的马屁精，也没辙了，请示书记怎么办，陈书记居然说，开弓没有回头箭，就是没有恐龙，你们也得变出恐龙来，总不能让全国人民看簧城的笑话吧？"

黎叔接着说："于是，全市的财政透支出去，陈利群一群人张罗着去买恐龙、建博物馆，还大肆宣传，要把咱们簧城打造成恐龙之都，不仅如此，整个后禹村的土地全部低价贱卖给刘玉成。哎，真是造孽啊！最后连政府大楼都抵押给银行，教师工资都拖欠半年，你外公实在看不下去，拍着胸脯说几句公道话。陈政当场翻脸，于是两人闹僵了。郭市长气愤不过，暗地里组织人去调查，取得他们买地卖地的很多证据。可是，没想到，很快就被整垮了！哎——"

黎叔接着说："到那个时候，大家都躲得远远的。像那个凌主任，后来还说了违心话，害了你外公，自己也倒霉。"

"凌主任，会不会是爸爸？"凌美玲突然想起母亲的异常表现，想起她不断念叨的"报应"，凌美玲再也不敢问下去了。

王鸣铗发现凌美玲的异常，他拉起凌美玲的手问："手怎么这么冰？"

凌美玲胡乱摇着脑袋说："胸闷，难受，我先出去透透气。"

天气越来越冷了，太阳像贪玩的孩子，躲了好多天也不出来。王鸣铗把汽车暖气开得很足，凌美玲还是浑身发抖。王鸣铗说："不论你是谁的女儿，那都是上一辈的事，我原来以为自己会很介意，其实我现在一点也不介意，所以你也不要介意。"

王鸣铗的话说得很冷静，却像一面大鼓，咚咚咚用力撞击凌美玲的心脏。凌美玲的眼前一片模糊，什么都看不见。

"为了摸清地下十三米的黑幕，我查找大量资料，专门研究了博物馆里的漏洞，所以才知道化石上有土，也知道有一位美女在那里上班，就想一举两得。谁知道真有这等好事，所以冒一冒险也值得。"王鸣铗想调节气氛，凌美玲却很想哭，泪水在眼眶里打转。

车在城北公园停下来。簧城的大大小小公园都有主题：书法公园、音乐公园、革命公园。城北公园的主题是廉政，离家很远，所以去得少。天气寒冷，公园内空无一人。

王鸣铗呵着寒气对凌美玲说："我带你看一样东西——"

凌美玲问："什么东西？"

公园的东门方向，一块大石头高高矗立着，上面刻着一个由当地最知名的书法家写的"廉"字。

"就是这里。"王鸣铗指着大石头说。

凌美玲失望地说："就这块石头吗？这个公园落成之际，它就在这里了。"

他笑着问："你知道这块石头的来历吗？"

凌美玲摇头。

他说："这块石头正是当年地下十三米挖出来的石头。变废为宝，成了簧城的廉政教育素材了，你说可笑吗？不过，我想不久的将来，真是一个很好的廉政教育素材。"

凌美玲望着巨蛋一样的黑石，仿佛随时会扑过来，不禁向王鸣铗靠了靠。

王鸣铗对她说："经过几个月的搜集整理，我已经完成关于簧城谎言的文章初稿，里面有许多不为人知的确凿证据，包括你帮我偷来的那袋土，我正准备找渠道发表在内参。我们或许无法撼动什么，但至少能让这个社会有所触动吧。我已经不能在簧城待了，不过我会回来的，簧城虽然没有恐龙，但是有你！"

一阵北风吹过，有沙子吹进凌美玲的眼睛，她使劲揉眼睛，揉得泪流满面。她一边揉眼睛一边说："我等你回来！"

2018 年 4 月 15 日

郭鹰，女，中国作协会员，龙岩市新罗区作协副主席。有评论、散文、小说等发表于《光明日报》《山花》《福建文学》《厦门文学》《福建日报》《炎黄纵横》等报刊。作品曾获第三十届福建省优秀文学作品榜、全省报纸副刊作品奖、福建省纪念长征胜利八十周年征文二等奖，长篇小说《笔锋》获首届福建好书榜推荐作品。出版有长篇小说《笔锋》、红色少年小说《铜村有朵红色的云》、散文集《茶心酒性》。

家乡，是用来怀念的

◎ 涂秀虹

父亲在老家看中一座房屋，想要买，遭到我们姐弟一致反对。为什么？因为我们觉得我们真的不可能再回老家住了。但是，浓浓的乡愁却由此勾起。多年来提笔又按下的家乡，不能不写了。

我的老家在闽西，群山葱茏中秀美的一片小盆地。那个地方因为以涂为大姓，就叫涂坊。又有个别名丹溪，从中可以想见那里山清水秀的美景。丹，估计是丹霞地貌的缘故，四围山石皆为红色沙石，覆盖着茂密的植被，四季青翠。丹溪其实也就是蜿蜒流过村镇西边的那条河，发源于溪源，现在叫涂坊河，汇入汀江流入南海。我印象中的涂坊，遍布着池塘和溪流，无数清澈的小溪流过家家户户门前，家家户户门前的小溪都用鹅卵石砌出洗濯的小石阶。小溪不大，一块大鹅卵石就是小桥。隔不了多远，小溪就汇集成一口大池塘，池塘边上错落有致地码着一些大鹅卵石，在那里，人们洗濯大件的衣被。几户人家之间，必有一口水井，井水清澈见底，家家户户挑水煮饭。关于家乡的记忆，就是如此水润、清澈。

我家在涂坊曾有过两处老屋。一处在风如围屋外不远处，上下厅堂两边厢房，端端正正结构的大房子，右边隔着菜园和邻居家的大坪是一口大池塘。流过我家门口的小溪不大，水流却颇为湍急，记忆中幼年的我夏天都是坐在溪边，赤脚拍打着溪水。我家左边也有一口大池塘，池塘里漂满浮萍，池塘边菜园外的高坎长着苎叶，我们常常采嫩苎叶做米糕。高坎边隔着小溪是一棵梧桐树，梧桐树下是我家的菜地，我很喜欢梧桐落花的时节，常常捡着落花数着数不清的数字。我家地势高，高坎下有一口水井，远远地与我家相对的是有子婆婆家，跟我们同喝这口水井。我奶奶这一辈的老人，称呼都是单名加"子"，我听人家叫我奶奶"永子"，现在想起家乡，这是关于家乡的经典记忆之一。据说我小时候不讲道理，不喜欢自家做的簸箕板，就喜欢有子婆婆家里的，奶奶常常一边说老脸丢光了一边牵着我的手走过高坎下那条小路去有子婆婆家里。小路边，挨着水井是一口小池塘，池塘边一块菜地，菜地边又一口大池塘，大池塘边就是有子婆婆家的大坪了。

我家后来搬到"路下"（估计原始地名为"麓下"，山麓下）。据说是为了满足我母亲单门独户的要求，父亲在亲友们帮助下努力建造了一座单独庭院的小楼。三十而立，我的父亲独立成长的标志。房子占地400多平方米，其中三分之二是空地，我父亲种下了各种花果树木，庭院里有柚子、芦柑、苹果、枇杷，房子左边长长的小园里有梨树、桃树，蓬勃青葱。渐渐长大的我在苹果树周围建了花坛，从朋友家里或山野田涧找了各种花草回来，满院繁华锦绣。我奶奶总是嫌我们的花木太盛，遮挡了她晾晒衣服的阳光。但我的家却是我的小伙伴们的最爱，夏天大家喜欢我家院子凉快，冬天小伙伴们挤在我小楼房间里热闹。我家左边是一条小溪，在那里我们从小学会了洗自己的衣服。隔着一条机耕大道，是一条比较大的溪流，家里的大件物品清洗就在那里。房子正对着涂坊的最高峰背头山，所谓开门见山。每天早上，太阳从背头山上升起，第一缕阳光就照进了我的房间，我在那里非常清晰地分辨东西南北。自从离开涂坊，我真的再也没有过东西南北的清晰判断。我觉得一方面是后来走过的地方城市太大，另一方面可能真的是把辨别方向的能力留在了家乡那座老屋。

后来，为了我们姐弟的教育，父亲把家搬到了汀州城里。刚搬家那几年，每逢假期，我就回涂坊。可能是因为在家中居长，小小年纪在这房子里当家作主，我对这房子的感情最深，回到那空落落的房子，恨不得把每一个角落都叠进口袋带在身边。那座房子，它亲切自在地刻在我心房的某个角落。记得是我上大学那年，有人到我家跟我父亲谈卖房子的事情，我很生气，狠狠地摔上我的房间门，把客人吓跑了。第二年，我父亲特意到福州，很郑重地跟我商量，说涂坊的房子久不住很快就破旧了，而当时我们在汀州城里借住单位的房子，家里人口多住不下，必须自建房屋，所以想卖掉老家的房子。我知道拗不过父亲，掉下眼泪，点了点头。那时候的父亲，正是盛年，意气风发，鼓励我们志在四方，全然不以家乡房宅为意。

2004 年，我 90 多岁的奶奶去世，送回老家安葬。我见到了已经易主多年的老屋。老屋已经破败不堪，曾经繁花似锦的庭院里几棵果树依然茂盛，但是烂泥四溢，我闭上眼睛不敢看。流过屋旁的小溪早已填平为路，放眼四望，周边房子竞相挨挤，特别是公路两边，密密麻麻建满房屋，每家每户尽最大可能把房子建到公路的边沿，并热闹地开着品种齐全的店铺。机耕道旁那条流过大半个涂坊的清澈溪流，已经被挤成了一条大约 20 厘米宽的臭水沟，拥堵着塞滞肮脏的塑料袋和各种垃圾。没有溪流，丹溪河自然也是干涸的，河床裸露，一簇一簇的乱石、杂草和垃圾，细细的水流中想来再无鱼虾沙蛤。

其实，在这之前十几年之间，我回过几次涂坊，看到过涂坊变化的一些过程，看到它是怎样从一个疏落有致的田园式村庄，变成房屋密集的市镇的。涂坊交通相对便利，穿过村镇中间南北走向的公路从前是长汀通往上杭的主干道。涂坊是长汀与上杭、连城、武平接壤之处比较集中的一个集市，经济本来就相对发达，而 20 世纪 80 年代以来，当地青壮年大量出外打工，赚钱回乡第一大事就是建房子，近十几年听说还有不少偏远山区的民众搬到涂坊居住，在镇上建房子。于是，房屋和房屋之间的菜地和农田逐渐盖上了房子。交通要道旁边的房子从前是很忌讳靠近道路的，在房屋和道路之间一定会有一片比较大的空地，往往被辟为菜地。但是在商品经济大潮的刺激下，所有临街靠路的土地都变成了商店。菜地都变成房屋了，因此早在90 年代初，涂坊就很少有人种菜了，一根葱一片青菜都要到汀州城里批发供给。记得大约 1990 年前后的暑假我回涂坊，我的伯母给我准备了丰盛的午餐，有肉有豆腐，但没有青菜，我吃不下，伯母只好给我煮了个酸菜汤，因为没买到青菜。当时我伯母经营着一个小店，那小店正是建在我家多年种植的菜地上。我记得小时候我们只要每天傍晚浇点水，菜园子就生长出无数吃不完的蔬菜瓜果，就在这菜地变成的店铺里，我们却只能等待从城里批发转卖的青菜。这个印象太深刻了，以至于多年以来我常常想起。由于人口密集，商品经济发达，消费的物质丰富，产生的生活垃圾当然就特别多，堵塞了昔日的潺潺流水。我曾经感慨闽南沿海一些农村的经济发达带来垃圾泛滥，从来没有想过清朗的闽西乡村也会步入如此难解的尴尬境地。

向来让我珍惜和骄傲的家乡，环境变化的速度和程度让我无法忍受。2004 年那次离开涂坊后好几天，我真的不敢想，一想就伤心、痛心。当时我动笔写了一篇文章，但没有完篇。不想写。谁不说我家乡好？我爱自己的家乡，真不想说自己家乡不好。

我，一介书生，学的专业是文学，只有想象美好、怀念美好的能力，没有任何其他能力去改变、去恢复我那美好的家乡。伤心如我，潜意识中回避着关于老房子、老家的记忆。又因为工作紧张，孩子小、家庭负担重，父母为了照顾我们姐弟也多半跟我们一起生活在外地，因此我已好多年没有回家乡。但偶尔，梦中还是会出现涂坊老家，出现在家乡梦境中的还是我小时候那繁花似锦的庭院。

而我的父亲，家乡情结随着年岁渐长而与日俱增。2008年底，厦蓉高速公路开通，在涂坊设了一个出口，我的父亲，比他建造任何房子都高兴，他觉得这是涂坊融入全国发展网络的枢纽，要求我们姐弟带家人孩子回趟涂坊。于是，我们开着四辆车，从不同方向回到涂坊，在涂坊服务区下车，拍了一张全家福，很有仪式感。然后，我们沿着新修的水泥公路，浩浩荡荡，特别惬意地回到涂坊。但是，到了乡镇中心竹头园，往下的街道，那靠近我家从前老屋的地方，我竟不敢再走一步。在一家饭店吃了午饭，我们就匆匆离开了。

　　老家，是每个人灵魂深处的根脉所在。但对于我来说，我更愿意把它永远装在心里，以30多年前原装的形式，在远隔千里的地方。

　　家乡，是用来怀念的。

2018年2月23日写于榕城

　　成年以后的岁月如此匆忙，2008年至今，转眼已经10年，我真是太久没有回老家了。而我的父亲，回长汀居住的时间越来越多，逢年过节、老友聚会，他越来越频繁回到涂坊。因为苦于回涂坊没有地方落脚，他坚持在老家买了房子，今年一整个夏天，他都在忙于房子装修。我跟父亲说，何必找这个麻烦呢。父亲说，你还没有老，等你老了就能理解我了。

　　我现在真的还无法想象，若干年后，等我老了，我会变成什么样子。

但我明白，家乡，是我们永远的精神家园，无法忘却的心灵所寄。不过我不喜欢乡愁。现在交通发达，空间距离变小了，回老家并非难事。乡愁于我，是回不去的家乡。我希望，想起家乡是山清水秀、优雅别致的美好记忆，是每天都想回去居住的冲动，是回去了舍不得离开的喜爱。

2018 年 9 月 25 日又记

涂秀虹，福建师范大学文学院教授。

家乡，是用来怀念的

来来往往的时间

◎ 黄加芳

一

我现在就要和你谈起夜空。我对夜空的最早想象是来自仲夏，来自人们认为的那种适合做梦的夜里。可是我的美好思绪不是在梦里，而是在那繁星遍布的空中，来自星星和月亮，来自这时间的忠实信使。当我回想过去，我甚至感到我对永恒的理解也早就坐实了，就在那仲夏的夜里，在那夜里的空中。

你可能会以为我的心思已经过早地衰老了，是的，确实是这样的。我实在不免想起往事，带着回忆惯有的怅惘，在被修饰和篡改过的回忆中感到温暖，又在这自以为是的温暖中充实起来。很长一段时间以来，过去岁月中的人、事在我的印象中渐渐模糊了，那些曾经熟悉的面庞、啼笑，一点一点地淡了、忘了，但过去的场景、风物却日渐清晰、美好着，一遍一遍地提醒我曾这样或那样地活过。譬如秋天，我原已记不清多少个初秋或晚秋的事件，但光是那年复一年的秋的况味就足以勾起我的诸多愁思。秋日的阳光令我沉醉，让我的心逐渐饱满，同时满怀忧伤。我曾在一篇文章中写过："秋气已经把乡间的草木、延伸向无尽远方的小径染成黄色，天地一片凋敝、肃杀，容易使人的心绪也跟着低落、消沉下去，想到远去的事、故去的人，心思就重起来。秋风一年一年地起，秋叶黄了、落了，来年重又发出新芽；人事却是去了便不再回来。那些匆匆流逝的时间究竟飘向了哪里？渗进过去时间中的人的音容笑貌，恍然如昨，却无从捉摸。看上去，是不断更迭的时间在把将来拉到当下，又将当下葬送，变成过往，不停地完成着新陈代谢的转换，但，随着蛮横前行的时间经过而被无情抛在后头的，究竟被遗弃在哪个角落里？……"现在你也已经知道，我对于自己长久置身其间的时间，总是充满着疑惑，充满着温柔的疑惑。这疑惑长期裹挟着我，从我出生，懵懂踏入时间这苍老的河水，试图把一个鲜艳的我也洗刷得苍老不堪的河水，直到今天，也不曾稍微释然。在梦里，在平庸的日常中，这疑惑都将我牢牢包围。事实上对这周边变动不安的空间，又何尝不是如此呢？伟大的安德烈·塔可夫斯基的诗人父亲阿尔谢尼·塔可夫斯基在他的诗歌《叶落之前》中唱过的几句，常常令我唏嘘不已：

那里，在窗外不安的宁静中，

在我的存在和生活之外，

在黄色、蓝色、红色的宁静中——

我会有什么记忆？我的记忆又算什么？

我始终相信，就是这寥寥几句诗，强烈地撞击着我的灵府之门，揭开存在那虚无中的谜底，让我从沉沦中警醒，像守夜的猫头鹰。他还说："老实说，我们只不过是／时间和空间的传声筒……"——我很庆幸，他说出了我的绝望，也道出了我的幸福。我多么深刻地承受这个残缺的世界强加于我身上的无穷迫害，也多么切实地享用它赐予我的许多恩惠，我绝望于我的绝望，又沉湎于我的绝望；我幸福于我的幸福，又腻烦于我的幸福。我实实在在地感悟和领会活着所带给我的负重与轻盈，全盘接受，像领受圣餐——除此，我有什么办法呢？唯一长久困扰我的，确是时间，这来来往往的时间，连同和它一样不可捉摸的空间，至今依然死死挟持着我。

——究竟要到几时呢？

我并不否认我的未老先衰，只是因为它能带给我短暂的解脱。你一定不会认为我这样说是夸大其词。如你了解的，你我都在现世的羁绊中挣扎了许久，我们着实都太需要来自远去时光的抚慰了——就算它早被美化得变了形，又有何妨呢？我们本就生活在一个似真实幻的世界中。

眼下已是深秋了，微冷，我就坐在这城市灰色的天幕下向你讲述故乡土地上那一方夜空，这时候我头顶的天穹有如铁板一块，密实、冰冷，而我早已逸兴遄飞，我感到我的内心涌起了暖流，我多么希望我的讲述也能使你忘却你周身的寒冷。（你看吧，我是这样疯狂）

你知道，我在乡下生活了 20 多年，在那里出生，又在那里仓皇断送了童年，可以说，我的人生中最灵光闪耀的岁月都毫无保留地献给了乡村，破败、贫瘠但安静的南国乡村。至今我依然时时怀念的，也只有乡下童年那短暂的几年时光。我有多少财富，全都在那些年里得到；而我最为惨痛的一笔损失，就是童年的逝去。我一直在承受损失，承受时间这一条强韧的鞭子对我生命的无情抽打，我因而时时追忆过去那赤诚的存在。现在我已经损失得够多了，多亏了它，让我在这日渐单薄的生活中，内心无比丰盈。（你也一直都在乡下成长，我猜想你一定能够理解我对故土的那种复杂情感，这是久居都市的人们所难以体悟的。只是你生在遥远的北地，风物又大有不同吧？我光是领略过那广阔天地上的浑茫，却不曾长住，那里的夜空应该也很能使你留恋吧？）那时的白天漫长得好像阳光下的河流，甘美，平和，我们都吃完了晚饭，夜还迟迟不来，待到四围的蟋蟀陆续开始弹琴（一开始青蛙还不准备歌唱，但它们总是不会忍住的，等着瞧吧），美好的时光就要回来了。（我应该感谢蟋蟀们，这些法布尔笔下"春天的首席歌唱者"，直唱到了这个秋意阑珊的时节，它们在这个夜晚的突然来到使我对过往的回忆充满了温情）

二

我们总是在竹床上消受那令人心醉的仲夏夜。那时的蚊虫似乎没有如今这样多，搬一张竹床在家门口的空地上，单穿一条短裤就可以无忧无虑地听周围的草虫放肆地唱歌。（这样的音乐我有好些年没有再听到，自从我多年前离了家乡出外求学、工作，都在城里，饱听了市声，便长久地和它暌违。好在去年夏天，我把家搬到一处搁置的空地旁边后，这声音才渐渐回来。说来好玩，早先这空地大约被地产商人盘去，总在深夜施工，运土，装砂，车声辚辚，扰人清梦。后来大概是叫人举报了，从此停工，变成一块无主的荒地。附近的居民于是干脆乘机在其上圈地种菜，这里一块，那里一畦，终于把漫天黄土变成一片绿油油。啾啾虫鸣就从那里不断传出来，把一整个夏夜都叫得回肠荡气，而我，就在那振奋人心的叫声中写作，我清楚，伴随着虫鸣的写作者是无比幸福的）凉风似乎是从黑黢黢的树林和竹林中间生成的，再从窸窸窣窣窃窃私语的树叶和竹叶的罅隙中送过来，到脸上，是那种恰到好处的抚摸。（这样惬意的感受，我知道不消我细细讲，你也能体会。甚至，我的蹩脚描述还会削弱它的魅力，我这样担心）

月早已在天上了，实际上，正当夕阳衔山的时节，月牙已经在天边现身。这时有孤单的长庚星潜伏在夕阳的余晖中，与那早到的月儿谈天。用不了多久，夜就从虫声唧唧的树林背后升起了。（你注意到没有？夜幕其实从来就不是自天降下的，而是从大地内部生出，一点一点地淹没草茎、树干，像汩汩的水流那样向上包抄，直达天际，直达我们或茫然或快意的心里。每当我想起这样一种盛大的过程，想起我在过去年月里无数次见证的自然仪式，我都肃穆万分，如获神启，不，我确信那便是造物予我内在的沉默的神启，是那无言的大有对我的无私眷顾，好比我曾向你提到过的黄昏给予我的莫大启示一般——"在黄昏的余晖下，万物皆显温柔；即便是残酷的绞刑架，也将被怀旧的光芒所照亮。"这是昆德拉的句子，如你早已知道的，我也已将同样的感怀诉诸笔端）夜的脚步很快，当它像一张苍茫的被单将我们打着赤膊的身体包裹，使我们感受它全面的熨帖，夜的场面已然相当隆重。它包容一切，用它慈爱的手掌摩挲我年幼的额头，问候暗中低语的野草和野花，以及它们生长着的山那边的明灭闪烁的坟头。（那坟头的"鬼火"曾经一度令我恐惧不已。尽管后来也读到了所谓科学的解释，我还是愿意相信那幽蓝的火光是鬼魂聚会的灯烛和火把。我不知道你是不是见识过那种诡秘的火焰，但我可以肯定，如今久居都市的人们，在他们的经验中不会拥有这样的图景，因而也不可能理会那一种天真、无端的恐惧——多少个盛夏的夜，我的双眼就被那异域的神秘灯盏迷惑，想到那些长眠于黄土之下的人们，便不由得被一种发自心底的怕控制着。现在想来，这"怕"其实早就潜伏在我年幼的血液中，横亘在我苍白的骨头里面。作为一种与生俱来的悲凉气质，我至今珍惜。我的一生，注定要伴随着对这种"怕"的迷恋和拒绝，伴随着对死亡这一伟大力量极大的排斥和暧昧的周旋。然而我的生命却终究难免向死，向着那无可辩驳的虚无的终点进发。你难道不曾认为这实在是一个可悲悯的事实吗？你我都不免一死，却都背负着沉重的肉身卑微地活。海涅说，"死亡是凉爽的夜晚"，说出了对死亡

的诗意想象。也就是在这凉爽的仲夏夜，年幼的我在乘凉的竹床上发现了死亡，但对它的见识将贯穿我的整个人生）

三

"天形穹隆"，如今我们已经很难想见这样的光景了。多年以来，辗转于都市的天空下，我真是久违了那让人神驰心荡的记忆中的夜空。城市的天空总是没能给我哪怕是意外的安慰，一次也没有，我又怎么能指望它带给我原始诗意的寄托呢？（你目前身处的北方想来更不容乐观，那儿的天终日都是灰蒙蒙的吧？）只有重回多年前那嘎吱作响的竹床上，从那里仰望，才有望理解"天形穹隆"的真正所指。

那着实是一种适合用"波澜壮阔"来形容的大景致。以竹床为中心，平躺时目光正对着的夜空极高、极远，是那种容得下信马由缰的遐想的高和远；四周则渐次下沉，直至与锯齿形的远山相接，消失在一片莽莽苍苍里。月在中天，为庞大的星群簇拥，而星星的热烈和热闹，使原本不声不响的苍穹更加静穆了。我见过凡·高在阿尔河边画的一幅《星夜》，那"洒了一天一地的热血"的夜空，与我在心魂中挂念着的多么吻合！夜空以它出人意料的大实实在在地含纳万物，同时又以一种难以企及的辉煌妥妥帖帖地征服了我那时的心灵。时至今日，尽管我已无望重新领略同样的局面，当我回想，我依然被早先夜空所给予我的壮美体验深深震撼。赖了彼时夜空，以它无所不包的宏大格局，让我在无言中得着它非凡的启蒙。以后，当我读到英国诗人蒲柏的句子——"谁能说清所有星球的历史，谁熟知太阳雨行星的轨迹，谁能通晓宇宙的所有秘密"——我竟恍惚觉得，这疑问似乎本应由我发出，事实上我也早就从心底发出过了。多年前的许多极其相似又各具意味的仲夏夜空，直观地提示我，在我日日盘桓于其中的大地生活之外，还有一些超越于其上的所在。（你知道，大地原是我所敬畏的，我热衷了解它上面缤纷的生死爱欲，也正在切身经历着这些。当福克纳说出"他们在苦熬"那便是在谈你我，谈论我们正在体验着的一切。而我，注定无法解脱它。我在这长期的苦熬中不断地寻求意义，寻求我之所以存在的合理性前提，我因而哭、笑、追慕、追悔、悲伤、愉悦……当局者迷。只有夜空，记忆中的夜空，让我安顿。我的生命，我越来越浑浊的生命，所以能偶尔竟至于恬然澄明，也要顺理成章地归功于它）

自从我来到这尘世，就迷了路。我浑浑噩噩，莽莽撞撞，我因而常常体味孤独。我品咂孤独，我吞咽孤独，我的孤独很大，我的孤独无以言说。我在这，偶然，易朽，无足轻重；我的所作所为，无非就是如西西弗斯那样无效地对抗时间，这来来往往的时间。我曾妄想抗拒衰老，痛恨那早白的头发和渐渐爬上面颊的皱纹——我的有限总让我绝望不已。然而我又分明受惠于那些不期然光顾我生命的刹那的战栗和瞬间的感动。我不知道你是不是有过这样的经验，一些远逝的事物、场景，本来早从脑中注销了，多年也不曾想起，但就是在出乎意料的那么一个瞬间，经由你的所见、所闻，或者所听、所感，总之不论是怎么样的吧，突如其来地，所有的记忆都复活了，过去的存在恰如此时此刻的一幕，就那样重演了，分毫不爽，让你温馨、感动，继而困惑、震惊。你应该还记得，你我都曾对那个神经质的诗人普鲁斯特如此着迷，着迷于他的絮叨、他的温情，也着迷于他的诚实与脆弱。当他谈到他曾睡在崭新的绸缎枕头上，那亲切的光滑让他感到自己是睡在童年的脸庞上，我知道他并没有夸张，我着实对他其时的幸福感同身受。（我想你一定也一样）又譬如我自己，许多年，蛰伏了一整个冬天，每当第一缕春风吹到我的脸上，我都激动不已，不能自持。那是熏风，带着生命悸动的好味道，一种说不清也道不明的奇妙味道，将我带到多年前迷失了的美丽境地中去，我知道，在那境地中，只有我对生息这宏伟节日的狂喜，和发自内心的感恩。我无限地热爱着这样一种神秘际遇，那定然是命运的慷慨施舍，只为那些柔软的心脏偶然准备的，实在让我的心思如同诗里写的那般："使我健康、富足、拥有一生……"也赖了这不期而至的惠赐，我才得以在这看上去平淡无奇的生活中兀自欢欣鼓舞一阵，无拘又无忌，恰如雨燕高高低低地飞，恰如独自放学回家的孩子歪歪斜斜地走……在注定虚空的生命中，这是怎样大的欢喜和抚慰呢？我常常想，时光如同流矢，当它匆匆飞逝以后，到底如何才能重新呈现？生命无时无刻不在走向可悲的衰落，又是什么力量使它回光返照？我在这里向你喋喋不休地述说的，说到底，全都指向这样的追问。现在我的命运将我带到了而立之年的跟前，我回过头去，悲伤地发现我零落的半生唯独剩下的，就是这些了。活到今天，往事多半已经随风飘散，似乎从来就没有发生，那么，凭借什么证明我——作为一个感性个体的我——曾经活过呢？令我惊讶的是，多少年前，当我自失在仲夏的夜空里，便已被这一命题莫名困扰。自然，我得到的解答也来自那至高无上的夜空。我是头一次恍悟，原来在我极其渺小和有限的生命之外，一直存在着一个极尽崇高的无限之在，它君临我，同时安抚我的灵，使我至今回望，心魂仍能从死寂中钩沉出蓬勃的感念，而非失落的无奈。（这是多么珍贵啊）问题在于，既然我这一副可怜的躯体迟早要接受死亡的残忍剥夺，归于寂灭（意大利的安东尼奥·塔布齐就说："生命是由空气构成的，一吹，它就不见了。"爱伦堡在《人·岁月·生活》中提到俄国革命者萨文科夫和他对生死出人意料的理解："死和生一样，也是索然寡味和平淡无奇的。"这样的论调令我吃惊，我早知道生的无聊和死的寂寞，但是这样豁达和轻描淡写地消解生死，却让我难以将息）偶然存在的个体生命说到底就是一个悲剧性的旅程，本来没有意义可言，为什么当我面对夜空那无限的大有，反而安详、欣喜，并在回首时热泪盈眶？

四

这样，只有重回记忆，因为除了记忆，除了心灵中残留着的吉光片羽似的刹那，我已经一无所有，我生活到今天的根本理由，就是我曾以全部身心投入过的那些零碎记忆，是我以整个灵魂追索过的那些宝贵瞬间。因此，当我读到俄国诗人蒲宁在他的《寒秋》中这样一段独白，会快慰不已：

> 我一生中究竟有过什么东西呢？我回答自己：有过的，只有过一件东西，就是那个寒秋的夜晚。世上到底有过他这么个人吗？有过的。这就是我一生中所拥有的全部东西，而其余的不过是一场多余的梦……

我想过，如果我走过这一生，也可以意味深长地说出这样朴素的一句话，说出我对美妙记忆的温存感激，我便可以无憾了。在所有生活琐碎和庸常的边角都清理干净以后，只有这一些刹那的记忆如尘土中的金屑般遗留了下来。经过长时间的积累，这些零星的碎屑会汇集成一整块金锭的大小，然后锤锻成一枚熠熠发光的金色蔷薇，承载我对生存的所有想望。它们太细小，太短暂，因而也太美妙，太诱人，使我痴迷不已，沉吟至今。它们的闪现无法预期，也没有规律可循，很多时候甚至颠倒了发生的先后顺序，或者说脱离了发生时的真实。（话说回来，谁又能保证发生时的真实才是真正可靠的呢）往事已经尘封，变了面貌，唯记忆总是葆有新鲜，在我的生命结束之前，属己的记忆随时都有可能回来，并且都以全新的样子从头开始重演，一遍又一遍地充实我渐至于空洞的肉身。过去的夜空是一个无穷深邃的空间，却意外地成为我对远去时光的贮存器，成为我那些亲爱的记忆在现实中的对应物和收容所，而所有那些感动的刹那恰如漫天闪烁的星辰，当它们中的一个突然呈现，都足以使我瞬间得到滋养，心满意足。当这些记忆没有来由地一一浮现，就可以不断刺激我对生命的极度热爱。如果要细细追究，其实在这些过往的记忆中间连接着另外一条时间的线，它比起自然时间来得不知隐秘多少，控制着记忆那幽微的流，而我对它的运作规律肯定一无所知，否则连我自己期待的自由也要被剥夺了。所幸我始终在精神世界里保留这独一无二的个人时间，我的喜乐才得以大大掩盖命定的悲哀。即使我这有限的生可能并不因此活得更长，（更长又有什么意义呢）但一定活得更多。

所以就清楚了，我的生息如此微弱、孤独，诚如哲人说过的，是"被抛"，只能任凭时间这只大手的随意摆布，似乎无可求告，终至于灰飞烟灭……然而事实却是，我以全部心魂苦苦把捉的并非这外在于我生命本体流逝的时间，恰恰是我个体内部深切体验过的时间，它没有消失，而且它永远也不可能消失，而是不断抗拒着外在时间统治下的按部就班和万劫不复的腐朽（我们从一出生就在马不停蹄地赶赴死亡），通过那些个人化的美好记忆，使我的灵魂一次次由衷地颤抖，渐渐趋于完满。多少个美丽的仲夏夜，凝望着苍穹如此幽深，以至于无极；星斗满天，绚丽璀璨而至于无穷，我所以满心欢喜，原是因了我的内部同样隐匿着另一个无限之在，由记忆编织（你看，我们说了那么多，到最后发现什么都没有记忆可信），由我生命的内在时间支配。

（你我现在应该都明白了，原来真正在不停往来的，是这种关乎性灵的时间，它凌驾于我们肉体日甚一日的衰败之上，直接左右着我们的记忆，超越苦难现世，也超越自然时间的必然律令，从而指向那无限的大全和终极的关怀）它看不见也摸不着，是因为它着实埋藏得太深了，但在另外的意义上，它又时时显露，以夜空这种至大无外的形式承载着呈现，刺激我，也启迪我。说到底，永恒不但在天上，在悠远的夜空中，也长久留存在你我那无数次造访的刹那记忆里，是它，使我苦痛的肉身得着依托，得着救赎，也使我的存在在更大的意义上成为可能。

谈到这里，夜已经很深了，现在从我的窗口望去，一弯新月竟然出现了，像一枚斑驳的耳环那样挂着，（原来早先它一直藏在密布的阴霾中）无家可归。我不知道你此刻的感受，而我的心情就如见到这无辜的月儿那样，惊奇、惆怅。经过这漫长的谈论你一定明了了，我对终极意义的渴慕和叩问原是与早年夜空予我的原初印象同构的，并且早早地受到高远夜空的激发与培养，令我至今想起来还怀念依旧。现在那样的夜空已经失落许久，离开了我时时眺望的视线，也离开了我日日疲于苦熬的坚硬现实，汇入记忆的河流。只剩下我内里的时间之流还在来来往往着，逗引我的无穷追忆，不然，我的存在就十分可疑。

黄加芳，执教于莆田学院。现为中国书法家协会会员，中国文艺评论家协会会员，福建省作家协会会员，莆田市文学院特约作家，《莆田文学》特约编辑，莆田市书法家协会学术委员会副主任、常务理事。在《北京文学》《青年文学》《西部》等刊发表散文数十万字。出版散文集《来来往往的时光》。

雪飘札幌

◎ 陶　然

一说要飞札幌，立刻便想起不久前，大雪把几班乘客困在新千年机场的新闻。许多人都说，世纪大风雪呀，你还在这个时候去呀？但行程已定，没有退路了。幸好一路顺风。

这是我头一次到北海道，札幌的冬天冰天雪地，是一片白茫茫的世界。当我在温泉酒店住下，只见外面世界都给雪覆盖了。酒店外的枞树都蒙上了一层白，连路边也堆满积雪，但中间已铲出小路让人行走。但积雪已给人踏成坚冰，走路时须小心翼翼，否则容易滑倒。我后来就遭遇滑倒，幸好穿的绒服够厚，并无大碍。

到札幌，必去商业街——狸小路。这条路不止一条，我们并没有目标，随便走走而已，所以也轻松。其实旅行就应该如此，毫无负担才好。匆匆忙忙，好像看得很多，其实细想起来，什么都浮光掠影。

狸小路上，什么店铺都有，人流旺盛。周围是札幌的灯饰七彩闪光，街边的树上积雪凝在枝间，看上去好像是天上人间。走到一条小路，忽见路旁静静仁着一辆自行车，车身覆盖着白雪，好像给半埋了，非常孤寂，无处说凄凉的样子。我不禁想，车主为何把它丢在这里没人管？待春暖花开，雪都融化了，它是不是还得充当交通工具？

走到一家儿童服装店，咦，这么个大冷夜，竟还有两个四五岁的小男孩和小女孩在背着街面，一动不动，静静站在橱窗前观看！仔细一看，非也！那两个小孩是人造的公仔，想来只不过是招徕儿童的生意手段而已。

终于来到预订的日本料理店，日式吃法，早就领教过，盘腿席地而坐，长脚蟹、鱼生、寿司、鲍鱼……未必是我的最爱，但既然来了，不免要尝鲜。其实香港也可以吃到，只不过来到札幌，不吃著名的长脚蟹，似乎是"捉到鹿不识脱角"吧？只是盘腿而坐，的确辛苦，如果可以，不盘也罢。

去札幌滑雪场也是一种难得的体验，虽然雪对我而言并不新鲜，早在北京读书时，我就见过大雪，曾在北海公园的大冷天下，趔趄学过滑冰，寒风阵阵吹来，刺骨的冷呀。在乌鲁木齐，遇到及膝大雪，一步便陷入雪堆里，一只脚刚拔出，另一只脚又陷进去。但是我从没到过滑雪场，踏着梯级进入，有几处休息室，可以进去取暖。既然来到这里，当然直奔雪场啦。我并不打算上场，但见到场上众人身轻如燕，在那里怡然自得地滑雪，有的甚至是带着孩子学滑。有人说，日本家庭都要有滑雪设备才行，看来此话不假。这时，虽然雪不时飘然而下，但并没有风，阳光暖暖地洒下，倒是滑雪的好日子。沿着雪地走，在另一边，有高高的山坡，形成几道冰滑梯，有工作人员在维持秩序。滑梯的男男女女，有的携带儿童，一片全家乐的气氛。人们先在坡下另一头，排队领取轮胎，领到后又排队去滑雪梯。从坡上滑下，有足够的坡度，至少也长达几百米，滑下的轮胎有在半途旋转，胆小的人哗哗乱叫，说时迟那时快，轮胎载人已经直达底部，自己爬起来，拖着轮胎走向原来领取处交回。但见附近建筑物屋顶、树枝都被厚厚雪花压住，白白的，令人顿生寒意。

当我们观看札幌夜景，旅游巴士有个日本女导游，全程以日语介绍景点，全然不顾不懂日文的人，我们几个虽听她声情并茂地解说，却完全不知道她说什么。乘缆车登上山顶俯瞰市容，宣传海报上大字写着"札幌夜景是日本三大夜景之一"，但是当我们在山顶平台俯望，只见市内零零星星灯火闪烁。它跟香港太平山夜景相较，简直无法比。带着一点虚荣，我下山去了。当我下车时，那司机指着我的鞋比画，又指了指司机位旁边的告示，又是日文！但他以双手做了交叉的姿势，我也明白了，他是说这辆巴士不可穿带钉的鞋子；而我为了防滑，出门前在鞋底配了防滑的铁钉。既然如此，那就只好把铁钉去掉了。途中去一家餐厅吃羊肉自助餐。餐厅设在大仓山上，以前冬季奥运会就曾在左近的大仓山滑雪场举行，如今这滑雪场已经废弃了，但在夜间，我们还是观看了那场地。附近还有成吉思汗烤肉馆，令我想起多年前曾在铜锣湾吃过成吉思汗蒙古烤肉馆，并不好吃，不久就关门了。这羊肉自助餐也不是我杯中茶，只是晚饭时间到了，充饥罢了。

市内狸小路附近的"二条市场"，可以吃到正宗日本餐。这里有许多鱼市，专卖各类海鲜。许多店铺经营日本餐，一份一份的，有不同的选择。如果说，二条市场的日本餐是快餐式的，店内不讲究陈设，摆几条桌椅给人坐就算了，到了"北之市场"就不同了，下面是出售各种旅游礼品的商店，上二楼却是隔成几个套间的餐厅。有挡门开关。女侍应敲门打开，跪着送上一道菜，送完又把门关上。

"北海道神宫"又是另一番光景。出了地铁站，往前走，穿过一片林木葱葱，漫天的雪花又飘下来了。所有的林木全给覆盖得雪白，我们踏着雪地慢慢走，一步一步，终于看到竖写的"北海道神宫"。要走近那牌子，须先攀上半坡，虽只几步，雪地却滑，但如此情景岂能错过？再走过去，雪花继续飘，林间空地上，一群乌鸦在地上觅食，见人走来，有几只在树枝间飞来飞去，呱呱地叫，大多数还是待在原地低头啄食，好像并不怕人。

要进入这神宫，信众须先洗左、右手，洗脸，还要饮口冰冷的水。宫外头的洗手盆，备有好几支木柄，前面仪式做完还得把那舀的水对木柄从上到下淋，才算完成，方得入殿参拜。大殿对面有几家铺头，信众可以购买各种纪念品。

走出来，雪花继续飘，乌鸦继续呱呱地叫，天空阴沉，雪似乎永远都下不完，我们踏着雪地回去了。

陶然，本名涂乃贤，广东蕉岭县人，出生于印度尼西亚尼万隆。毕业于北京师范大学中国语言文学系。著有小说集《没有帆的船》《陶然中短篇小说选》，散文集《旺角岁月》《街角咖啡馆》，散文诗集《生命流程》，文艺随笔集《留下岁月风尘的记忆》等40多本。有关个人文学成绩的评论集有《阅读陶然》（曹惠民主编）、《陶然作品评论集》（蔡益怀主编）、《陶然研究资料》（袁勇麟主编）。曾主编《香港文学》十八年，现任该刊顾问。现为香港作家联会执行会长。参加过第六次、第七次、第八次、第九次全国作家代表大会。

晓来重濯

幸福棉花糖

◎ 朵 拉

　　晚饭后，到莆田江口后郑村民宿"幸福棉花糖"。一下车我下意识抬头，不管到什么地方，都很想看一下天空。后郑村的夜晚，迎接我的是镶满了一天空闪闪发亮的星星。不知道为什么突然想起在西班牙巴塞罗那的夜晚。那个晚上从拉布兰达大街往前一路走到海边，毫无遮蔽的紫蓝色天空布满闪耀的星子，如果用钻石来形容未免太俗气，但真是漂亮得叫人想起毕加索图画里纯净沉稳又明丽照人的色彩，然后我遇见发现美洲新大陆的探险家哥伦布的塑像，它高高地伫立在星子照耀的广场上，一手伸得直直地指向海边。

　　出生在意大利热那亚的哥伦布，从小对航海充满兴趣，热爱冒险，读过《马可·波罗游记》后，更加向往印度和中国。哥伦布是少数相信地球是圆的人。他先后向葡萄牙、西班牙、英国、法国等国王请求资助他向西航行到东方国家的计划，但却被人当成江湖骗子。他花了近十年的功夫，才成功游说西班牙王室资助他远航探险。当他远航凯旋时，不只轰动西班牙，也震撼整个欧洲。西班牙女王在巴塞罗那皇宫举行隆重的欢迎

幸福棉花糖

仪式。哥伦布开启了世界大航海时代，改变了世界历史的进程。历史学家说："从那以后，西方终于走出了中世纪的黑暗，开始以不可阻挡之势崛起于世界，并在之后的几个世纪中，成就了海上霸业。从此，一种全新的工业文明成为世界经济发展的主流。"意大利人在西班牙成为著名的航海家，最后留下美名享誉全球，西班牙人甚至将他的雕像永恒地矗立在巴塞罗那广场。

在无论什么都匮乏的年代，缺少资讯缺少物资，然而，哥伦布却拥有美好的梦想并为之坚持不懈，带着坚忍执着的奋斗精神，勇敢大胆跨步走出去，于是，扩展了眼界，开拓了胸怀，发展的格局便完全不同，终于和世界接了轨。

莆田的朋友 M 院长说，我们这里有个"蒜溪南洋文创小镇"，M 这趟为南洋人安排了南洋文创小镇之旅。接待我们的 Y，虽是中国人，却有南洋人的热情，她说："单单江口镇，就有 38 座古民居。"蒜溪片区涉及 7 个村庄，常住人口 12927 人，在外华侨人数 27405 人，华侨还比当地人多。在 20 世纪初，下南洋的居民，也就是勇敢寻梦的江口人，当他们在海外成就事业衣锦还乡时，建造新厝便是首件要事，于是造就江口获得"南洋风情，梦里老家"的美誉。我们抵达后，Y 在第一时间带我们一家一家去观赏这批大多由欧美建筑设计师以典型南洋风格嫁接莆仙传统文化趣味的古民居。近百年时间的洗礼仍保存完好的有郭厝利大厝、姚丰隆大厝、文德楼等，有些是屋主的后代居住，有的只住着管理人员。在国外的屋主一年回来一两次，

大多选择在九月，深受儒家"追根溯源"思想影响的莆田江口人，重阳节扫墓是他们的传统。"就这几天呢！"Y说。我们参观的时候，看见管理人员正忙碌地打理卫生，美化庭院。

一间间中西合璧的老厝，精雕细琢的石雕、砖雕、红砖、红瓦、彩绘等装饰，实在没法想象在百年前，建筑师已经如此完美地把东西方建筑美学融洽地接合一起，典雅精致的房子一栋栋散布在充满原生态的自然风景里，"背靠万亩山林，面拥千亩良田"，还有一条蒜溪缓缓流过。一个有水的地方，不管是江、河、海、溪、湖，都给这地方带来灵动与生机。

我们是刻意步行到蒜溪的。秋天的风带着凉意，清爽的空气里飘荡着花香的味道。小径旁边高高的芦苇茎秆直立，顶部开出稻穗般的花，颜色带棕，也有白色带青色的，仿佛与行人招呼一般地在风中不停地点头摆首。一时间有关芦苇的诗都跳到脑海来了，第一句便是诗经的"蒹葭苍苍，白露为霜"，据说蒹葭就是芦苇。"既见芦苇，那便是旁边有河啦？"我问。Y说："芦苇就长在蒜溪畔呀！"唐代司空曙诗云："钓罢归来不系船，江村月落正堪眠。纵然一夜风吹去，只在芦花浅水边。"它以浅白的文字描绘出宁静优美的乡村景色和令诗人向往的无拘无束老庄思想。这诗中的幽美意境和眼前诗情画意的江口蒜溪何其相似呀。

风一直吹，吹得衣袂飘飘，园里的丝瓜在风中摇晃。微寒的风里，还有喜鹊飞过。径旁的红黄橙白色野花开得正盛，虽然花都小小的，却是遍地绽放，映在眼里很美，仿佛洒了一地

幸福棉花糖

点点碎碎姹紫嫣红的颜料。越近蒜溪大路的时候，路边的花换成亮紫色的牵牛花，这种在农家里贱生贱长的花，在这里毫无一点自卑，绚丽烂漫地散放一地，活泼地闪耀着夺目美艳色彩，仿佛在吹着无声的喇叭叫行人快来看我吧。

蒜溪里随意摆设着形状独特的石头，把上流来的溪水分开，呈现急流缓流一起冲击相撞，过后往下奔驰而去的景致。停在溪畔的凉亭观赏流水风光，抬头一看，"觐山亭"题字者和撰联者竟是老朋友陈章汉！章汉老友撰写的书法对联"锦溪活水堪研墨，岱麓朝阳好晒书"就挂在亭子的两根柱子上。章汉的对联有书生气，书法有豪迈气，又和他的人一样呆气，故而有朴拙的稚气。朴拙的稚气可是所有艺术家的最高目标和终极追求，我一直很喜欢。

再低头时居然被我看见古代才有的"浣衣女"：两个妇女在溪边，一边洗衣服一边聊天。一只白色的水鸟站在溪流中的石头上，根本不理会周边那么多的游客，我们静静地伫立着，这时不知从哪儿飞来另外一只白色的鸟，朝石头上的鸟叫了一声，领头往山林里飞去，石头上的鸟也撑开翅膀跟在后边，很快地双双飞远了，它们是之前约好在这儿相聚了双宿双飞的吧。

带着相遇章汉老友的温馨走出亭外，正要往下到溪边去，听见有人唤我的名字，吃惊地抬头，原来是莆田的 A 老总。他听说我来蒜溪，特意和朋友开一个多小时的车过来看我。我狂叫："哎呀！是你是你呀！"遇见 20 多年的老朋友，能够不流泪相拥已经很难了，我还需要掩饰我的喜悦吗？虽然彼此都

有微信，但平日无事，从不通信。

A非要陪我走路回去民宿，经过一家老厝，厝主人郭老先生正好开门，听A说来了南洋人，素不相识却也热情邀我们到他屋里喝茶。可惜时间紧迫，要不然在老厝喝茶，亦是愉悦的体会。郭老先生的儿子仍在南洋，过两天将回来扫墓。

江口和南洋很密切，只因这中间有一条难以断裂的亲情脐带。这回住的民宿，也是南洋关姓华侨老厝改造，姓关的年轻人正好自新加坡返乡，他的莆田话里混南洋的口音熟悉而亲切，趁言谈甚欢时，大胆要求关妈妈两日都为我们煮地瓜稀饭早餐，配的菜肴是自家门口种的青菜、丝瓜、花生，炒蛋的番茄味道特别清香。两天吃下来，叫人舍不得离开。

离开前的早上，福州的L先生听说我到江口，赶来陪我吃早餐。原来也是江口人，L回乡来看父母。"只要有空，几乎每个星期，都会载孩子回来看爷爷奶奶。"江口人家的孝顺家风叫我眼眶红了。临别依依不舍的我们在"幸福棉花糖"门口拍了合照。

听Y说她打算围绕"十里蒜溪景，百年南洋风，千载驿道情"的主题，打造一个南洋文创艺术基地，以民宿"幸福棉花糖"作为开启艺术之乡的钥匙。我想起了巴塞罗那的哥伦布，在发现新大陆之前，有谁相信他的梦想可以实现呢？人生最幸福的事，是梦想成真。

朵拉，作家，画家。祖籍福建惠安，出生于马来西亚槟城。

幸福棉花糖

出版个人集共 51 部。曾获国内外大小文学奖 60 多个。曾获读者票选为国内十大最受欢迎作家之一。文学作品译成日文、德文、马来文等。有作品收入中国、美国、新加坡马来西亚等地大学或中学教材。现为中国大陆《读者》月刊与郑州"小小说传媒集团"签约作家、世界华文微型小说研究会理事、世界华文作家交流协会副秘书长、中国王鼎钧文学研究中心特邀研究员、大马华文作家协会会员、槟州华人大会堂执委兼文学主任。受聘为华侨大学、广东外语外贸大学、莆田学院、泉州师院等高校的客座教授。

晓来重濯

看不见的皇历，谁偷偷撕走了一页

◎ 徐南鹏

通　过

午后，天空映照在树冠上
风，找了更开阔的广场

春天，通过花朵
表达幸福的全部秘密

蜜蜂把各地方言
翻译成一个字：甜

我把所有关于美好的想象
安放在高处

比青草和十字架高
比夜晚和星光高

一条河流穿过我

一条河流，日夜不息在奔流

只要静下心，你能听到

咔嚓咔嚓的声音，像剪刀

剪碎一张白纸

一条河流无处不在

水龙头，书房，马路和办公桌

一支刚点燃的烟，甚至

在墙脚的青苔处拐弯

流进门口一棵老树的枯枝

没有什么阻拦得了河流

钞针不行，错误的句子也不行

没有路的地方可以造出路

石头和钢铁，一样会

留下河流的疤痕

我跟着河流奔跑

但它比我快，已经要穿过

我的身体，如果

再快一些，我就只听见

它的声音，在耳边
无情地，一刻不停地晃动

台　阶

把路折叠起来
再展开
就有了台阶

台阶有日常的
也有隐喻的
也分显性的和隐性的

上台阶有两种方法
一种用走
一种用爬

有的爬上一级台阶
还想再爬高一级
绞尽各种脑汁
级差，让他浑身不舒服

甚至想坐电梯

一夜之间

来到楼顶

踩在别人头上

老人有句话

适用于多数

"台阶一级一级走

才稳当"

患幽闭恐惧症的蚊子

停车入位，熄火。

小发动机开始低低轰鸣

慢慢关闭两扇前窗

这时，一阵嗡嗡声响起

一只蚊子，以新月的音调

空气在颤动

我屏息，尽量装扮成

蚊子几辈子的口粮

一笔挥霍不尽的横财

蚊子明显不为所动

嗡嗡飞着，对一堆

湿热的诱惑，难以提起兴致

它一会儿停在玻璃上，一会儿落在座椅上

保持警惕的距离

一次也没有，栖在我的皮肤上

一只患幽闭恐惧症的蚊子

无奈中改变性情

调正了血液的时针

直到我重新开窗

顺着滑动的风，它飞走

成了夜色中一只平常的蚊子

徐南鹏，福建德化人，研究员。1986年开始发表作品，著有诗集《城市桃花》《大地明亮》《星无界》《大悲咒》《我看见》，诗歌合集《五重塔》，文集《沧桑正道》《大风吹过山巅》等。曾参加诗刊社第二十届青春诗会，获施学概诗歌奖、诗歌月刊年度诗歌奖等。创建南鹏抄诗公号，一天手抄推送一首现代诗。现居北京。

梅园，临水而思

◎ 林　宇

水从天上来
挟着云朵的气息
于风中拭亮一片天空
而河，以光明点亮自己

一些因子，为了爱的交集
紧密相随在柳影中流连
只用心灵锻造意境
展现自我，以梅的形象

久远的故事早已久远
斑驳的云雨风中飘逸
构一道风景亮丽
于安静的港湾里栖息

风微漾，无数想象激起

催开梅的心思　暗香涌动

远行的人啊，把心情搁置

而让乡愁伴海潮起伏

瓷性月光明媚如痴

少年的情绪幽怨成诗

孤独的草啊于水中哲思

探寻一份人生关于未来

丝丝清香，梅园里唤醒记忆

且把火焰隐入诗的阵地

让雨水奏鸣乐音四溢

满园里飘荡着淡雅与睿智

灯火斑斓迷彩样传递

一份执着于马头墙里思索

而榕怡然，独展奇异

守望孤独里的坚毅

一座桥站着，思考一份爱情

翻阅千年，关乎生死关乎苦痛

而把一条河的历史铭记

一任思想于水中隐匿

梅园，临水而思

梅园，在水中
阵阵清波排列成诗
而我，临水而思
与鱼对语　迷离

　　林宇，中国散文诗学会、中外散文诗学会、福建作家协会
等会员。

晓来重濯

大自然之美（组诗）

◎ 南 夫

落日之美

落日坠入海平线的瞬间溅起的万丈光芒

无声无息，只有眼睛为之震撼

我常常站在海岸上看落日坠毁于大海的瞬间

产生一个奇怪的念头，要看看落日之美

我就在日落时分

提前坐在海堤上，抽烟，以手加额

看见落日是一个红红的圆

悬在天边，可以直视，就像一个绝望的句号

藏在云朵后面

大海的蔚蓝如一面盛大的镜子

照见落日小小的脸，和落日头上的几丝白发

而落日依旧照在我身后的村庄和山冈

给即将来临的冬夜放射一点温暖

眼看落日越来越冷，像一块烧红的铁饼

在空中缓缓而下

吱吱吱……挣扎着冒出最后几缕光芒

沉入无边的海平线

麦粒之美

母亲说

她这一生是被一粒小麦骗老了

耕地，点播，除草，施肥，给水，收割，脱粒

循环往复，一年又一年，没有结束也没有开始

最后我母亲手攥一颗麦粒死在麦子的怀里

面容安详

这一颗麦粒，它有着母性之美，它是种子

它的美

具有我中华民族的黄色皮肤之美

而在那饥荒年代

面对一锅酸菜麦糊粥

我吃在碗里，看在锅里，扭曲了审美的最高境界

今天阳光灿烂，这颗麦粒在大地上闪烁的光芒

高于我的想象，在我古老的石头房子中

它是面条、馒头、锅盔、包子和水饺

是这些养命的食物之母

它是我母亲一生的真实写照——

所呈现的麦粒之美

干玫瑰之美

三朵玫瑰花插在这个瓶子里

就插在这个用来装醪糟的玻璃瓶子里

红得像某个时代的爱情，但几经我的抚摸

和不合时宜的浇灌

最后就慢慢干枯了

几根刺又黑又硬

叶子卷成了褐色的外套，像保持自己最后的尊严

留给我这干枯之美

我把它放置在书架上，书与之为伴

看着它，它就像一部古籍

记载着生命历经的辉煌，到最后的凋谢

而时光忘记了她曾经开放的胸部和笑颜

但我记得她开在白色床单上的血色之美

今夜我仔细看了看这三朵摆在书架上的

干玫瑰

和被我阅读后的作家一起，构成了一种干枯之美

最终都会被我一一忘记

石头之美

石头在山上，在海里，在心中

心中一块放下的石头，浮出时光的水面

石头通过时间的分解闪耀古典文学的光

只有石头才能记载我五千年文明的血

我站在山峰上，感觉脚下石头的呼吸

在无边的大地，满眼看到的都是石头的身影

故宫博物院的石头，农舍的石头

水井里泛着青苔的石头，河道上滚动的石头

它们都有着无可替代的自然之美

当我的父亲在一块石头上刻下祖先的名讳

这块石头就成为一块碑石

成为一尊雕像，伫立在广场或郊野

成为我父亲一生工艺的荣耀

这块伟大的石头成就了艺术之美

当我趿拉着拖鞋走在春天的路上

怀着一颗见过世面的心，踩过一块块石头

我听见石头发出细小的音乐般婉转的呻吟

当我回到家乡，站在海堤上遥望太平洋

耳畔响彻大海的咆哮，汹涌的海浪

拍打在礁石的脸上发出雷鸣般的掌声

在内心就能感受到石头的沉默之美

在我的家乡，一眼望去，都是石头房子

它呈现着城堡之美

当我背着行囊，去探寻未知的旅程

一列绿皮火车，飞驰在无数石子的光芒之上

　　南夫，1958年秋天出生于莆田秀屿汀塘村。诗作散见《诗刊》《星星》《绿风》《诗神》《诗歌报》《延河文学》《福建文学》《天津诗人》等刊。出版诗集《也到枫桥》《南夫诗选》。获得过"首届汉江诗歌奖"特等奖、"云里风·森昌文学奖"诗歌一等奖等奖项。曾在陕南谋生二十多年，担任过陕西省安康市作家协会副主席。现居莆田。

一半是仁慈的

◎ 成　业

倒不是由于绝望而落泪，无非因为洒在坟墓上的眼泪能使我感到幸福，我将陶醉于自己的感动之中。

——陀思妥耶夫斯基《卡拉马佐夫兄弟》

秋容的告别式在周一举行，这是她生前要求的。秋容没有说明原因，孙晓认为她是为了避免过多的亲友前来吊唁，虽然只有几面之缘，但他很清楚秋容是个不喜欢热闹的人。

由于是工作日，参加告别式的人很少。火葬场边上的遗体告别厅里只有寥寥十几个花圈，而来的人比花圈还少，本来就不小的告别厅显得比平时更大了许多。

火葬场在一条高速路背后。前一天下了一夜的暴雨，告别式是上午九点，天上还掉着稀稀落落的雨滴，空荡的告别厅里不时传入车辆激起水花的动静。

厅前两只生锈的铜喇叭放着"抬灵歌"，曲子很空洞，甚至没有压住外头零星的雨声。乐曲中掺着断断续续的杂音，像是燃烧木头迸出的"噼啪"火花，令人烦躁。

孙晓对着大厅中央秋容放大的遗像鞠了三个躬。作为厅里唯一没有穿着丧服的人，他略显尴尬地和秋容的亲人们一一握手。秋容的双亲、年迈的两对祖父母，以及秋容的女儿，一个眉宇间透出不合年纪的漠然的小女孩，另外还有几个亲戚。秋容离异的丈夫并不在场。

遗照里的秋容望着这副冷清的场面，目光温和，微笑迷人。那笑容中有一股暖意，仿佛黑暗中缥缈的烛火，充满了希望和生机，还保留着她小女儿那样的年纪才会有的天真和浪漫。一个亲戚看着照片，忍不住轻轻叹了口气，见大家没有注意，便使劲又叹了一声。

孙晓盯着遗照，觉得有些恍惚。秋容笑起来的样子怎么看都不像一个垂死的病人，甚至不像一个已经三十八岁的女人，倒像是涉世未深的少女。如果不是亲自拍摄了这张照片，孙晓大概也无法相信照片里的秋容癌细胞已经扩散到内脏。

照片是他最后一次见到秋容时拍的。那天秋容的气色看上去好得出奇，没有一点倦容，这让孙晓颇为吃惊，来之前他可是听说秋容已经没多久好活了。见到他随身带着相机，她的眼睛突然闪动起异样的光芒，很开心地说："我今天状态还不错，麻烦你帮我拍几张照吧，好久没拍过一张像样的照了。"

"好啊，就当留个纪念。"

孙晓话一出口就后悔了，不自然地避开秋容掠向自己的目光。秋容的目光却没有一点责备的意思，反而还有几分赞同，她一边嘉许地望着孙晓一边轻声低语道："对，就当作最后的纪念吧，我还缺一张最后的照片呢。"

孙晓充满歉疚地望了一眼秋容，秋容的神情和语气变得愈发柔和："原以为不会有什么好状态拍照了，最后的相片拍丑了可麻烦。"

孙晓明白她的意思，犹豫不决地说："我怕拍不好。"

"就算帮我个忙好吗？"秋容的语气就像小女孩在撒娇。

踌躇着的孙晓终于微微一笑，点了点头，拿起相机。

"等等，我换件衣服。"秋容从床上起来，走向墙角的行李箱。孙晓放下相机，要帮她，秋容挥挥手阻止了他，吃力地把行李箱拖到床边。

"从前出差总带着它，"秋容抹了抹头上沁出的汗珠，"很轻便的箱子。"

孙晓笑了，秋容真是一点没变。秋容在床上坐下，弯腰打开箱子，在一堆衣物中胡乱翻找着，背上的病服被汗水浸湿，病服上的横条纹紧贴在她突出的脊梁上。

"真是见鬼了，这段时间拿什么都吃力，所有的东西好像都变重了。"秋容一边说笑着，一边大大咧咧地拖出一件衬衫，很满意地在身上比了比，随意用脚把箱子往旁边踢了踢。

孙晓帮她收起箱子，放回原来的位置。

"你换吧，我出去把门带上。"

"装什么？"秋容娇嗔地说道，"又不是没看过。"

孙晓笑了笑，还是走出去关上了门。医院的走廊人来人往，空气中满是消毒水和忙碌的味道，穿着白衣的医生护士在各个病房走进走出，仿佛影片中西式葬礼常见的白鸽，在墓穴上方穿梭，孙晓摸了摸口袋里的香烟。房间里传出秋容的声音："好了，进来吧。"

孙晓按下把手，推门而入，秋容已经装束完毕。她换上了一件水蓝色的衬衫，衬衫衣领上绣着白色的茉莉花，干练中不失妩媚，尽管下身还穿着病裤，她的美也还是丝毫没受到影响。

"你还是穿职业装最好看。"孙晓关上门，再次拿起相机。

"等会儿。"秋容从枕头下摸出一面小镜子，"我再补个妆。"

"已经够漂亮了。"

"少来。"

孙晓说的并不是应酬话，不化妆就很美的女人并不多，秋容就是这样的女人。他静静地看着秋容对着镜子涂上唇膏，又拿起粉饼朝脸上扑了几下，接着勾起小指理了理额头上的碎发，整个人看上去顿时焕然一新。这是孙晓见过最简短的化妆过程。

"还凑合吧。"秋容收起镜子，睁大眼睛看着孙晓，脸上露出自信的笑容。

"很美。"孙晓由衷地称赞道。秋容微微抬起下巴，示意他可以开始。现在是下午三点，阳光透过玻璃窗映入房间，冬日的阳光白得刺眼，仿佛要把一切都融进去，孙晓觉得自己都要被融化了。他小心地挪了挪位置，注意不要背着光，将镜头对准秋容。

孙晓一言不发地按着快门。病房里每一个角落都是咔嚓的快门声。秋容歪着脖子对着镜头微笑，孙晓从没见她这样笑过，那是毫无负担的笑容，纯真可爱得令人想起遥远的学生时代。孙晓的眼眶湿润了，这样纯粹的笑容让人震撼，震撼过后又是心酸。

"快！给我看看拍得怎么样！"孙晓一放下相机，秋容就急不可待地喊道，孙晓自己都还没看一眼自己拍的照片。两人并肩坐在病床上，一张张仔细看着，这些照片看起来几近完美，完全不需要后期的修饰，照片中的秋容可爱得让人心颤。

秋容对其中一张特别中意，她让孙晓回头把照片发到她的邮箱，说死了以后，就用这张照片当遗照。孙晓不知道该说什么，于是他对秋容说自己想出去抽支烟。

到了遗体告别的时候了。穿着丧服的亲戚走向灵柩，孙晓也跟着走过去。大家搀扶着两对年迈的老人最后一次瞻仰仪容，秋容的母亲哭出声来，身体散架似的滑落，秋容的父亲从身后抱住她，他自己的手扶在灵柩上，勉强支撑起同样摇摇欲坠的身子。

孙晓哭不出来，也不想去看秋容的遗体。当工作人员推着灵柩前往焚化炉的时候，孙晓默默离开尾随灵柩的亲戚们，走出灵堂，点燃了一支烟。

雨又下大了，高速公路上车辆也越来越多了，车子飞驰而过的声音就像狂风呼啸，一道闪电劈开乌云密布的天空，轰隆隆的雷声和哗啦啦的雨声很快盖过了身后无力的音乐。

孙晓想起那个和秋容共度的夜晚。起初，也是这样一场暴雨将他困在报社。

孙晓在这家报社已经工作多年，独立负责编辑撰写一个版面，主要是刊载一些介绍小企业的软文，借此拉取赞助。这份工作收入不赖，足够他养活老婆孩子，虽然谈不上喜欢，但也没有更换的想法。除了一个星期要值一次夜班，平时基本也算轻松。

那天孙晓值班到深夜，被一场暴雨困到凌晨。两点钟，雨停了，孙晓锁门离开。电梯已经停用了，孙晓走进从空无一人的楼道。孙晓的办公室在15层，在光线昏黄的楼梯间绕了几圈以后他已经晕头转向，双脚像上了发条的机械一样快速落在一级级阶梯上。

到了7楼，他停下来吸了一支烟。他很享受深夜一个人在楼梯间吸烟的自在，白天忙碌嘈杂的办公楼寂静得像一头沉睡的野兽，他甚至能听到一种抽象的呼吸声。这时7楼的办公室里突然传来一阵"噔噔"的脚步声，脚步声打破了寂静，那是高跟鞋撞击地面的动静。

孙晓听见一个女人的声音："就这样吧，我要下楼了。"随即伴随着一阵沉闷的开门声，秋容走进了楼梯间。两人头顶老旧的灯泡吃了一惊似的跳了一下火，又恢复正常。

秋容看到靠着墙抽烟的孙晓，怔了一下，接着露出一个有距离感的礼貌微笑，冲他点了点头，轻声道了一句："你好。"

孙晓手中的香烟已经多了一段不短的烟灰。

"你好。"孙晓掸了掸烟灰，"又加班了？"

秋容是专跑公安线的新闻记者，连夜赶赴某个案发现场是家常便饭。秋容模样漂亮，身材姣好，一般人很难想到她会选择这么辛苦的差事。但单位的同事都知道她处事干练，个性我行我素，喜欢独来独往，很适合这样的工作。

孙晓只是礼貌性地问了一句，秋容的反应却很奇怪。她先是失神地点了点头，然后沉默了片刻，叹了口气摇摇头说道："我已经辞职了。"

"为什么？"孙晓有些吃惊，"做得好好的干吗要辞职？"

秋容没有回答孙晓的问题。孙晓感到有点自讨没趣，两人的关系仅止于知道有对方这么个人，见面会问候一声而已，也许自己的问题有些越界了。孙晓吸了一口烟，客客气气地补了一句："辞职好，辞职好，这工作对女人来说实在太辛苦了。"

"还有烟吗？"秋容向孙晓伸出两根指头，孙晓愣了一下，掏出一支香烟。秋容接过烟，孙晓掏出打火机点着，秋容朝孙晓探过身子，对准过滤嘴吸了一下。孙晓闻到她身上的香水味，看到她包裹在职业装里的丰满胸部起伏了一下，不由得心神荡漾。

看着烟波从秋容涂着两色唇膏的两片薄薄的嘴唇中吐出，孙晓觉得时间一下子变慢了。楼梯间昏暗的光线像一张褪色的老照片，孙晓把手中的烟头丢在地上，用鞋尖捻灭。

"谢谢。"秋容深吸了一口烟，缓缓吐出，烟雾缠绕在两人中间。

"想不到你还抽烟。"

"常常熬夜，不抽撑不住。"秋容回报孙晓一个礼貌的微笑，"我原来是很讨厌烟味的。"

"这么迟还不回去？"孙晓又点燃一支烟，"刚刚听见有人开门我还吓了一跳。"

"胆子这么小。"

"肯定没你胆子大。"

两人默契地笑了笑。孙晓和秋容抽完烟一起走下楼梯，又闲扯了几句。深夜狭窄的楼道仿佛有种奇妙的魔力，能缩短人与人的距离。走出楼道的时候，他们已经像熟人一样了。

穿过大厅，走出办公大楼。雨后的空气格外清新，湿漉漉的街道延伸向远方，两人都松了一口气，孙晓掏出烟问秋容："还要吗？"

秋容摆摆手拒绝了。孙晓刚刚抽了两支烟，也有点恶心，便收起了烟盒。

"再见了。"秋容又露出礼貌的微笑，这似乎是她唯一会的笑容。

"我送你回去吧。"

"方便吗？"秋容犹豫了一下，轻声问道，轻得孙晓都怀疑她是不是真的说过。

"那我去取车。"

孙晓转身走向停车场，秋容"诶"了一声，似乎想说什么，终于没有开口。

"我住在旧城区，很远的。这样也方便吗？"上车后的秋容显得有些不好意思。

"没关系的，反正也这么迟了。"

"这么迟你老婆不催吗？"

"她出差了。"

"那孩子怎么办？"

"放暑假了，跟着我老婆去玩了。"

"唔。"

秋容若有所思地点点头。气氛有些尴尬，孙晓打开了车载音乐。一首融合了那不勒斯风情的法国香颂开始流转，歌者沙哑醇厚的嗓音将爵士和蓝调的氤氲一点点渗入车厢沉闷的空气中。孙晓自得地在方向盘上打起节拍，秋容听得出了神。

"这是什么歌？"秋容轻轻摇下一点车窗，似乎想把音乐放出去。

"一个意大利人的爵士。"

"你喜欢爵士？"

"不全喜欢，他这种风格的我比较喜欢。"

"这是什么风格？"

"其实我也不大懂。"孙晓伸出中指挠了挠眉毛，"要我说具体的音乐风格我说不好，也就是听个感觉。我比较喜欢华丽地娓娓道来的爵士，就像这一款。"

乐曲里出现了阿根廷手风琴，一股南美式的热风从容优雅地包裹了两人。各种音乐形式在一首曲子里流畅地交替，绚丽浪漫的旋律叫人应接不暇。

"很棒的曲子。"秋容跷起一只脚跟着旋律在半空中打着节拍。

"就像海滩上的黄昏。"孙晓转了个弯,"有落日,有海浪,有沙滩和棕榈树,还有一对恋人牵手漫步其中,默默看着这一切,他们有时会凝望着对方,但就是不说话。"

"说得真好。"秋容闭上眼睛,似乎在想象孙晓讲述的画面,"是这么回事。"

"动静皆宜。"孙晓补充道,"目不暇接的美景中伴随着沉甸甸的深情。"

"是的。"秋容往椅背上靠了靠,"就像死亡,一半是晕眩,一半是仁慈。"

孙晓愣了一下,没有说什么,继续开车。乐曲结束的时候他才再次开口:"你家在哪块?旧城区快到了。"

"这首曲子也不错。"秋容没有回答孙晓的问题,"这个歌手叫什么?"

紧接着上一首曲子的是一支钢琴伴奏的香颂,嘶哑歌声中尽显沉郁的欧陆风味,拍子散乱,又巧妙地迎合着慵懒的旋律,宛如酒后微醺的呢喃,怅然若失中带着阅尽世事的漠然。

"Paolo Conete。"孙晓念出一串拗口的音符,"意大利名字,难记得很。"

"听不懂。"秋容笑了笑,"怎么拼写?"

"p—a—o—l—o—c—o—n—e—t—e."

秋容默念了一遍孙晓的拼写，点了点头。

"这就记下了？"

"p—a—l—o—c—o—n—e—t—e."

秋容快速地念了一遍，内容准确无误，就像拼写的是一个很常见的英文单词。

"厉害！"孙晓不由得赞叹道，"你记忆力真好。"

"没什么。"秋容眼神泛起淡然自得的光芒，"速记是基本功，我记电话号码更快。"

道路开始变得泥泞，黑暗中到处都是拆得七零八落的 20 世纪七八十年代的红砖楼。

"旧城区到了。"孙晓转头望着秋容，"你家在哪儿？"

"找个地方坐坐吧。"秋容目光直视前方，"我现在还不想回家。"

孙晓看了一眼手表，已经过三点了。

"这个点不好找地方啊。"

"我知道一家通宵营业的酒吧。"

"好，那你指路。"

悬挂在旧城区上空的月亮越来越黯淡，离太阳出来还早，从车上下来，秋容和孙晓像两个影子一样移动。到处是拆了一半的砖墙，黑暗中看上去仿佛刚受过战火洗礼的废墟。

在废墟尽头的居民楼下，开着一间安静的小酒吧。酒吧里几乎没人，两人挑了个角落的位子坐下。孙晓要了啤酒，秋容则要了烈酒。两人边喝酒边有一搭没一搭地聊着。

酒吧里没有放音乐，空气仿佛凝固住了，一个男人埋头坐在另一个角落，看不清落在阴影里的表情，像极了新写实主义画作里的都市人，孤独而又泰然。

"还有烟吗？"秋容双颊泛红，已经有些微醺，"再给我一支。"

孙晓递给她一支烟，点着打火机，秋容朝他倾过身子。她吸烟的时候距离孙晓几乎不到十厘米的距离，孙晓不由得脸红了一下，秋容注意到了，坐回位子上，吐出烟圈。

"喝完酒吸烟真舒服。"秋容伸了个懒腰，丰满的身体舒展开来。

"是啊。"孙晓呷了一口啤酒，"双重释放。"

"能完全释放出来就好了。"秋容低头看着杯中的冰块融化，琥珀色的烈酒慢慢变淡，"折磨人的东西堆积在身体里，只能放出去一点，剩下放不出去的就更折磨人了。"

秋容说完将杯中的烈酒一饮而尽，屈起两只手指敲了敲桌面。酒保过来为她添酒，她伸手将杯子递到酒保面前，斜眼看着他倒酒，动作豪迈不羁，像是古人。

孙晓笑了："一般都能喝这么多？"

秋容抿了一口酒，把杯子放下："平时很少喝。一喝起来就停不住。"

"为了释放？"

秋容摇摇头，又点点头："说不好，差不多吧。"

"你是工作压力太大了。"孙晓把一边手臂耷拉在椅背上，

"那样的工作可不适合女人。"

"是吗？"秋容跷起一条腿，"我倒是挺喜欢的，每天到处来回跑，没日没夜地写稿，抓紧一切时间睡觉，这样工作让我感觉很充实，就像整个人都被填满了一样。"

"案子那么多？"

"你不看报纸的吗？"

"做记者的谁看报纸呀！"

秋容莞尔一笑，神情变得柔和起来："是啊，我也不看。"

"说实话。"孙晓拿起空酒瓶冲酒保摇了摇，"每天接触那种事不会害怕吗？"

"当然会，一开始就会，谁会不害怕这些？"

酒保拿来一瓶啤酒，孙晓抓起来喝了一口："那是怎么坚持这么久的？"

"个性使然吧，喜欢这种工作状态。一开始是很惶惑的，后来就好多了。"

"惶惑？"

"对，每天接触各种各样的死，忍不住就爱想：这世上怎么会有这么多死法呢？"秋容把胳膊肘靠在桌子上，张开手掌托住下坠的脑袋，"生命来到这个世界的途径只有一条，离开的路却有千万种。自己又会遇上哪一种呢？"

"这样……"孙晓不知道该说什么，只能往嘴里灌了一大口啤酒。

"嗯。"秋容也端起酒杯喝了一口，她的眼神变得迷离，看上去有点喝多了，"好像生活到处都是死亡的影子，无论至亲至近还是无关紧要的人和事，都可能把你带向死亡。这一切不是突然降临的，而是早就注定的，从四面八方包围你，你根本无法躲避。"

"听起来有些夸张。"

"事实就是如此。"秋容开始有些前言不搭后语，"这里，那里，到处都是死亡，让你眼花缭乱。大都是虚晃一枪，叫你眩晕，真正击倒还好。可怕的是眩晕。眩晕。"

"不大明白。"孙晓皱了皱眉头，"感觉很瘆人。"

"后来就好了。"秋容喝干了杯子里的酒，"死亡这东西，毕竟有一半是仁慈的。"

两人又添了新酒。

"反正辞职就对了。"孙晓边喝边说，"这样的工作不干也罢。"

"我不想辞职的。"秋容苦笑了一下，"我还挺喜欢这份工作的。"

"你工作这么辛苦。"孙晓停顿了一下，"家人大概也不会满意吧。"

"还好，长辈不会干涉我工作的事。离婚后，女儿就归了丈夫，用不着我操心。"秋容轻描淡写的语气就像在说别人的事，孙晓不由为她淡漠的态度吃惊。

"为什么离婚？"

"我这人不好相处。"

"怎么会？"

"或者说。"秋容叹了一口气，"我不喜欢和人相处吧。"

两人沉默了一阵，时间好像定格了。孙晓看了看表，已经四点了。

秋容又喝了口酒，突然说道："你也觉得我讨厌吧？是不是？"

"刚好相反。"孙晓望着秋容，"我觉得你挺招人喜欢的。"

秋容吃吃地笑了："因为我好看？"

孙晓挑了挑眉毛："不全是。"

"是吗？"

"我觉得我们有相似的地方。"

秋容低头喝光了杯里的酒，再抬头接住孙晓的目光。大概是喝了太多酒，她微微喘了几口气，看上去像是春心萌动的少女。孙晓突然很想抽烟，但烟盒里已经没烟了。

两人沉默了一支烟的时间。

"我很累。"秋容把十根手指插进头发里，"想休息了。"

"我送你回去。"

"我不想回家。"

自从结婚后，孙晓是第一次和妻子以外的女人发生关系。后来秋容告诉他，除了离异的丈夫，孙晓是唯一和他发生过关系的男人。那一晚，两人都像脱笼的野兽一样，全力以赴地互相攻击，最后筋疲力尽地同归于尽。

两人一直睡到第二天下午。

孙晓醒来看了一眼放在床头的手表，三点五十。他瞥到边上印着"如家酒店"几个字的烟灰缸，有了想抽烟的冲动。这时床单下秋容丰满的身子滚动了一下，发出一串沉闷的呻吟，像是鱼儿在水下咕噜噜地吐着气泡。孙晓下意识地往边上躲了一点。

　　"唔……"秋容醒来了，声音有些憔悴，"头好疼。"

　　"我去给你弄点热水。"孙晓正要翻身下床，秋容突然一把将他抱住。

　　"等会儿。"秋容将光滑温软的身子贴着孙晓，"不要走。"

　　秋容把头埋在孙晓胸口。孙晓感觉胸口凉凉的，秋容落泪了。孙晓紧紧把她搂在怀里，爱怜地抚摸着她凌乱的头发，轻声问道："怎么了？"

　　"我梦见我死了。"

　　秋容的声音很无力，却很平静。她的眼泪才落下几滴就已经止住了。

　　"别担心，梦和现实是相反的。"

　　"知道我为什么辞职吗？"

　　大约一个月前，秋容得知自己得了子宫癌。她腹痛多年，一直没有检查只是胡乱吃止疼药应付。逼医生说出自己癌症晚期的真相后，她快速地处理了财产，交接了工作，办好了入院手续。她告诉孙晓本打算今天入院，昨天是她最后一天像正常人一样生活。

　　"总想要做个告别。"秋容淡淡地说，"但父母早就知道了，我这人也没什么朋友。想来想去，还是去工作的地方再看看，这些年除了工作我的生活里也没别的了。"

"不去看看前夫和女儿？"

"不看了。"秋容呼了口气，好像想吹走什么，"昨晚通了个电话，实在受不了他的啰唆。"

孙晓握住秋容的手，两人手指交扣，又抱紧了一些。

"接下来什么打算？"孙晓问，"有没有什么我能帮上忙的地方？"

"就明天去吧，推迟一天住院。"

"那我今晚再陪陪你？"

"别。"秋容在孙晓怀里缩了一下，"我还是想自己待着。"

"好吧。"孙晓感到有点失落，"那我请你吃个饭总可以吧？"

"算了吧。"秋容挣开孙晓的怀抱，"不用那么麻烦了。"

孙晓笑了："你不会现在就想赶我走吧。"

秋容把被子裹紧了一点，柔声道："别取笑我了，你想待多久就待多久吧。"

"我出去买包烟。"孙晓从床上起来，拿起热水壶到厕所接水。

等孙晓回到房间，秋容已经穿戴整齐了，甚至还化了个淡妆。孙晓注意到卫生间的地板湿了。秋容一声不响地用宾馆的白瓷水杯喝着孙晓刚刚烧的热水，眼睑低垂。

"要——烟吗？"孙晓还没从秋容迅速利落的办事风格中

晓来重湮

回过神来，语速有些迟钝。

"不用了，我正打算戒。"秋容说得轻松，仿佛在孙晓看来头疼的事于她来说只是一念之间就可以完成。

两人又闲扯了一会儿，孙晓烟瘾上来了，想了个借口要起身告辞。秋容不知怎么又说起刚刚梦见自己死了的事情，孙晓觉得这时候走不合适，便把到了嘴边的借口又吞回肚子里。

"觉得自己完全失去了知觉。"秋容的瞳孔失神地放大，"像睡着了一样，很平静。只是醒来的时候有些伤感，记得我和你说过吗？死亡至少有一半是仁慈的。"

秋容的声音越来越轻，似乎她的灵魂正离这个躯体越来越远，去了某个未知的地方。为了把她的灵魂拉回来，孙晓顺着她的话问道："为什么一半是仁慈的呢？"

秋容没有直接回答他的问题，而是讲了一件事。几年前，她报道过一起案件：一名十五岁的少女被残忍地奸杀在公共厕所里。连续几天，秋容都不能把少女恐怖的死状从脑海里抹去。之前也有过这样的情况，为了克服恐惧，秋容往往选择直面。

她强迫自己把案发现场的血腥照片一遍又一遍地拿出来观看，直到自己完全适应，看那些被摧残的可怜人就像看掉在路边的一个烟头。慢慢习惯了这些可怕的画面后，秋容甚至能够从容地看着死去少女脸上的表情，那表情并不狰狞，说十分平静也不为过。

少女临死前眼睛是斜视着墙角的，秋容刚开始认为她是为了不去看残害自己的凶手。后来在其中一张照片当中，秋容发现了真相：原来墙角有一只小小的蝴蝶。

一只蝴蝶为何会出现在肮脏的公厕里，秋容怎么也想不明白。她把照片中的蝴蝶截图，不断放大。那是一只有着蓝色花纹的蝴蝶，秋容从没见过这样好看的蝴蝶。

那一瞬间，她感觉到死亡有一半是仁慈的。后来她留意到许多凶案的受害者死前的表情是平静的，她顺着照片中他们最后视线的方向，都发现了美好的东西：有的是一串被微风吹动的风铃，有的是突然落在窗台上的一只麻雀，有的只是一点和煦的阳光。

"死亡总是突如其来，不可抗拒。"她说，"大多数的过程还极度煎熬。尽管如此，当中毕竟还带着仁慈。我后来仔细查看了每个案发现场，都有一些不同寻常的美好存在，好像真的有神在暗中要给这些死者一点最后的温暖，只是有些人没有发现罢了。"

孙晓听完沉默了很久说："也许这仁慈一直都在，只是死亡把它放大了。"

那时正是黄昏，夕阳透过窗帘的缝隙射进屋内，像一条条细细的红线散布在两人周围。两人都注意到每条红线上都有数不清的负离子在跳动，仿佛在诉说什么古老的密语。秋容伸出一只白皙的手穿过一条红线，若所有思地动了动手指，好像在拨动阳光制成的琴弦。

"你说得很对。"她说，语气里有为时已晚的悔恨。

孙晓也感到巨大的失落，觉得自己一下子苍老了几十岁，已经奄奄一息了。但很快，他又觉得浑身充满了希望的力量，好像重新活过来一样，体会到久违的活力。

"我们是有相似之处。"秋容绽放出如释重负的笑容，"不过你比我聪明。"

"少来了。"孙晓感到脸上一阵冰凉，他落泪了，"聪明什么啊……"

秋容颓然地垂下头，发出告别的信号："可以的话，来医院看看我，我喜欢和你说话。"

"一定的。"孙晓最后抓了抓秋容的肩膀。

哀乐停止了。孙晓想，秋容的遗体大概已经进入焚化炉。亲人们从大厅里出来，孙晓和他们一一告别，他们三两成群地坐上几部车离开，孙晓目送车子一一走远。

他独自一人停留在原地，双脚像灌了铅一样沉重，完全无法移动。

路面已经有了积水，雨点落在上面圈出银色的光圈，孙晓幻想有看不见的精灵在上面为秋容和其他人的死亡舞蹈，光圈只是它们的足迹。他愿意相信有世人看不见的仁慈。

一阵缓慢的风吹过，雨斜落在孙晓脸上。春雨一点也不冰冷，反而蕴含着抚慰人心的柔情，就像冬末的阳光。孙晓眼前再次浮现起冬日的夕阳照进病房的场景。

那天拍完照后，秋容和他静静坐在病床上。等待夕阳洒满整间病房，金色的光芒慢慢变得绯红，秋容拿出手机，按下播放键，Paolo Conte 的歌声游走在夕阳间。孙晓听着这杂糅着苦涩、荒诞、甜蜜与追忆的乐章，脸上慢慢露出了笑容："想不到你这么喜欢他。"

"我看到他的照片。"秋容再次展露出少女般天真烂漫的笑容，"很有味道的老男人。皱着眉头坐在钢琴前，手里拿着烟，和他的歌一样迷人。身体这么差，已经不能抽烟喝酒了，但每次听到他的歌，都有喝烈酒抽香烟的感觉，夸张点说，感觉病房里都是烟雾缭绕的。"

孙晓动情地望了望秋容，秋容回望了他一样，目光深处满是爱意。孙晓畏缩了一下，对一个有妇之夫来说，这样的爱意他是不敢接受的。

秋容看到他眼中的惧意，刚刚还闪烁着爱的火花的目光流露出燃尽的死灰般的黯淡。但不消片刻，她的眼里又燃起从容的生机，那是一个真正热爱生活的人才有的生机。

"答应我一件事好吗？"秋容说，"我死以后来送送我。"

"不要开这种玩笑。一点也不有趣。"

"不是玩笑。"秋容的表情严肃起来，"最近我觉得自己离死越来越近了……"

"我答应你就是了。"孙晓的眼眶湿润了。

"谢谢。"秋容露出宽慰的笑容。她的手抓了抓白色的床单，犹豫了一下还是抓住了孙晓的手。

秋容的手很冰凉，干瘦得像枯死的树枝，却有一股平静的力量。孙晓将自己的手指一一与她重叠，秋容的手渐渐暖和起来，孙晓的泪水也慢慢干了。

"谢谢……"秋容把嘴唇凑在孙晓耳边，把声音细细地传进他的脑袋，"在最后能认识你真的很幸运，你说得对，总是这样，总是有一半是仁慈的。"

孙晓一边点头一边更加用力地握住秋容的手，像要去抓什么一去不回的东西一样，秋容在他耳边轻声说了一句："轻点。"脸上泛起两朵红晕。

孙晓松开握着秋容的手，给了她一个拥抱。

"好了。"秋容拍拍他的背，"我累了，让我一个人待一会儿。"

孙晓不发一言，也没有松开秋容。仁慈的夕阳和他们一样，生息相同地沉默着。

成业，出生于 1991 年，现为福建师范大学文学院文艺学博士生，著有长篇小说《骨灰》，另有诗歌、评论作品散见于《福建文学》等报刊。

海水漫上来（三章）

◎ 黄明安

海水漫上来，那些字都没了

曾老师在村里教书，是很早以前的事情了。那时候我读小学，成绩好，又听话，曾老师很喜欢我。他经常叫我帮他寄信，每周一封信，装得厚厚的，写给远在城里的师母。每次寄信的时候，我都从学校跑邮政所去，在邮局窗口用糨糊粘信封口，再买一张邮票贴上。我手里掂着老师的信，心里有点困惑：为什么装这么多张纸，写那么多话呀？老师不是从城里刚回来，与师母团聚过，才到学校几天，又马上写信寄信。读小学三年级的我，尽管很小，心里也生出好奇。可我知道信是私密的，老师信任我才叫我帮寄呢，我不敢猜想太多，就把厚厚的信投进邮箱里。

老师其实是和蔼的，他会拉二胡，额头上有一道疤痕，眼睛总是笑着的。高高的个，修长、儒雅，多才多艺，他在我们村小学教书，校长也很敬重他。校长是本地人，他说人家一个城里先生下放乡里教书，为咱们村的孩子读书操心，我们都应该理解他并爱护他。校长说这个话是有人反映曾老师是"卫生狂"（洁癖），不但墙壁四周撒白灰以防蚂蚁爬行，而且特别害怕跳蚤、蚊虫。夏天蚊子嗡嗡叫，曾老师皮肤被叮肿了，他到医疗站看医生，惹得从未见过的人都笑起来。曾老师把这种卫生洁癖带到班级，情况就变复杂了。那时候，我们都是一群野孩子，庄稼地里爬玩，满脸灰土，衣着邋遢，头上还会生虱子。曾老师叫我们张手，一个一个给他看，检查我们是不是洗手了，指甲是不是太长了，指甲层是不是藏污纳垢了。他叫我们每个人去洗手，拿着一把剪刀，为我们修剪指甲——男孩子，女孩子，一个不漏地修剪过去。剪一个人，还要洗一遍手。他边剪指甲边给我们普及卫生常识，什么细菌呀、蛔虫呀、肠胃病呀，大家乱哄哄地笑。曾老师这时候不笑，他坐在竹椅子上，高大、庄严、认真，做这个学校算是出格的事情。

出格的事还有体育课带我们到海边去。

学校离海边几里地，曾老师是城里人，他喜欢带同学去海边走。有一次，体育老师生病请假了，曾老师是班主任，他干脆带上全班同学去海边。四五十个孩子，鱼串着走过村道，吸引全村人驻足观看。曾老师把我们带到海边，叫班委负责安全和秩序，让同学们在沙滩上奔跑，在水边踩水玩。一会儿，男生捡到好看的贝壳，送给曾老师鉴赏。女生在沙滩上发现了沙蛤——它们是一些小蛤子，藏在沙层里，只露一小沙眼，让人用手挖取，煮熟了没肉吃，用盐巴腌渍，倒是一道好吃的海鲜味。女同学眼睛尖、小手巧，一个下午在沙滩上挖出一袋子沙蛤子，其中有一个女生家近，她跑回家拿了一个陶缸和一包盐，当场把沙蛤都腌渍起来。老师看着这一切，开心地笑了。

老师笑着说："我们来海边上体育课，怎么上呢？"

同学们围着老师，听老师的指示。老师弯身拾起一块尖石头，在脚下沙滩上画了一道线，站起来往前走，边走边数步子。老师走了一会儿，停住脚又在沙滩上画一道线，大声说："这大概有一百米，同学们分组赛跑，决出胜负！"

男生分成四个组，每组八个人，女生分成三个组，每组六个人。没有计时器，曾老师用他的手表计时。可才赛了两组，就发现手表根本不能承担准确计时。几个人同时跑到终点谁先谁后全乱了。曾老师有办法，他说不用手表，用淘汰制，即每组只取头两名。一轮跑下来，男生只剩下8个人，女生仅6个人。半决赛，我发力跑进前四。决赛，我竟然在男生组得了个第三名，这让同学和老师大为惊讶。曾老师看着我说："看你瘦瘦小小，跑步还蛮快嘛！"

得了表扬我心里高兴，还与那位拿陶缸的女生，在一片礁石群里，捡了一些苦螺送给老师。有两个苦螺小拳头大，老师看着那螺，又开心地笑了。

上学的时候，我又帮老师寄信了。我到老师宿舍拿信，他正用筷子夹沙蛤吃饭，老师扒两口稀粥，就夹一个沙蛤吃，他吐出蛤壳说："真好吃，可惜快吃完了。"

我与陶缸女生到海边，为老师又挖了一陶缸沙蛤子。我们偷偷送给老师，老师请我们坐下。老师从柜子里拿出一小袋菱角，大约有十几个，他让我们吃菱角，说是从城里带来的。我们从未见过菱角，问老师这"黑燕子"怎么来的。老师说，城里有很多河沟，水里生着莲藕和水菱，你们念好书，以后去看看。

老师高兴，还拉起了二胡。我们边吃棱角，边痴痴地听着二胡曲子。

我在读小学的三四年级时，与那个陶缸女生，一个淳朴恬静的女孩，一起为我们的曾老师，秘密地送过多次盐腌沙蛤子。这事是我们俩的秘密，没有一个同学知道。

我们一起读到初中毕业，陶缸女生个子比我大。她说话很少，有事只用眼睛瞅我，我一看她的眼睛，就明白要做什么。

我们升到初中，还为曾老师送过沙蛤子。其中有一回，她不知从哪弄来一包跳跳鱼，叫上我一起送给曾老师。回家的路上，她埋着头说："我……不能读书了。"

她说这个话的声音很小，突然被风吹走了，好久我才明白过来。

当我明白过来，她人已经走开了。我看见她边走边用手抹眼睛。那时候我不懂事，一点也不知道安慰她一下。

我高中毕业那年，听说她出嫁了！

我考上大学第二年回家，她抱着一个孩子。

我向她打听曾老师，她说早调回城里了，我再问她其他情况，她说不知道。

我们站在一面爬满牵牛花的墙边说话，她头上插一朵栀子花。

我要再说话时，她的孩子哭了，她抱着孩子进了院子。

我站在她家院子外，她走后留下的栀子花香，让我发呆了一会儿。

我们曾在大海边，用手指在沙滩上写字。

海水漫上来，那些字都没了。

丁香鱼抢滩了

小麦成熟的季节，海湾里的丁香鱼漫上了海滩。

我用这个漫字实在是一种记忆中的印象：丁香鱼群在海湾里像云一般地游，它们被后面的马鲛鱼追赶，在慌忙逃命中飞蹿，就往很浅的滩边冲了上来。那时候我人小，拿着一张小网，如果被我逮住了丁香鱼抢滩的时机，我会拼命地用小网捕捞。一阵疯狂的抢捞之后，我的身旁可能有五斤丁香鱼。

抢滩的丁香鱼让人捕捞的时间很短，它们又往深水区游去。

初夏天气闷热，马鲛鱼在海湾里跳跃，是丁香鱼进港湾的信号。那些有月光的夜晚，我在睡梦中被人叫醒，他们大声喊道："今晚有丁香鱼！丁香鱼进滩了！"

我十二三岁吧，被大哥叫醒，揉着眼睛，跟在大哥和母亲后面。路上一家一户的人，都拿着网到海湾去。我家前面的海滩很平坦，海水涨潮的时候，湾里的水像一个湖，水深在一两米之间，大片的区域可让女人、孩子捕捞丁香鱼。我记得我们到了海边，港湾里已经聚集了很多人。虽然天上有朦胧的月光，但手电光还是照来照去。有的人在水里等候，头上绑着电光，更多的人守在沙滩上，围成一圈抽烟说话。丁香鱼是一种很小的鱼，身子白白的，眼睛两黑点，肉软软的，如果捕捞多了，村里的女人把鱼加盐煮熟，用竹箥箕把丁香鱼晒干，卖出去是一道很上档次的海鲜。母亲叫上大哥和我，就是想捕捞到很多丁香鱼，晒干卖钱，补贴家用，给我们兄弟添新衣，给我买书、交学费。

守候丁香鱼乘着月夜来扑滩，是我最难忘记的事情。

成群结队的丁香鱼，在外海游不会引起人的关注。它们顺着潮水游到港湾，就是小渔村最大的奇观了！丁香鱼小，群聚的安全感强，它们在水里会非常密集地游。村里的老渔夫在外海放网，有时候遇到成群的丁香鱼，装满丁香鱼的网都拉不上来。丁香鱼进了港湾，我们拉着网站在齐腰深的水里围捕，丁香鱼会像雨点一样飞洒起来。大哥和我都光着身子，身上只穿一条短裤。丁香鱼来的时候，我的大腿被撞得麻麻痒。丁香鱼跃出水面，扑到我们的手臂上、身体上，那种感觉真是无法形容！我们会发出欢快的呼叫，彼此呼应互相鼓励。"快呀！快呀！"大哥力气大，我力气小，母亲总在这时候赶来，她站到我这一边，帮助我保持一张网的平衡前进。好一阵狂追滥捕之后，丁香鱼群被冲散了，它们化整为零，迅速改变了方向，游向别的地方，我们拖着满载而归的网，筋疲力尽地瘫倒在沙滩上。

那晚月色迷茫，天气清凉，沙滩上人很多。

有经验的渔民提醒说，别下去太多人，等丁香鱼群全进了港湾再围捕，收获更多呢！因此，那天晚上，我们为了守候丁香鱼，全坐在沙滩上说话。那是一片柔软的沙子，沙层厚，沙子细，有的人坐着，有的人躺着，沙子散发着太阳的余热，给人的感觉很舒服。大哥躺在沙子上，让我为他埋身子。我用沙子埋脚，再埋肚子，之后是胸部，大哥快乐地笑着，我拼命地往他身上堆沙子，他只露出一个头，他说喘不过气了，我还是拼命堆沙子，大哥声音越来越小，最后一动不动了！

我突然害怕起来，我用手摇大哥，他没有一点反应；我扳住他的头，想把他拉出来，可沙子太重了；我吓坏了，我拼命扒沙子，差点哭出来。

大哥哈哈大笑起来。

我离开了装死的大哥，踯躅在人堆里，这里混混，那里瞅瞅。我听到很多男人围在一起抽烟说黄色笑话。他们说到一些人和事，发出快乐的笑声。有些人堆，男女混杂坐在一起，更是调笑谩骂打闹不断。我年纪还小，不知道为什么那么好笑，但他们说到阿兰，我同班同学的母亲，那个丰腴的寡妇，我还是知道的。

有一个夜晚，在捕捉丁香鱼时，发生了一起打架事件。两个女人不知为什么在水里打了起来，她们扭抱在一起，全身都湿透了，头发湿漉漉的，她们被人救上来，趴在沙滩上像死人一样。我看到一个女人脸上挂彩了，另一个女人是阿兰，她的衣服被扯掉一大块，露出一边大乳房。那个女人醒过来，又扑上来打阿兰，但她很快被人分开，还被她的男人抱走了。女人在男人怀里扑腾，女人骂男人，很快消失在沙滩尽头。

回家路上，我问母亲："为什么打架呀？"

母亲说："小孩子别问太多事。"

我问大哥，他一句话也不说。

那天晚上，我梦见星星闪光，梦见丁香鱼游进肚子里……

鲻鱼肾补脑呀

十四岁那年秋天，我在南冥的石头护基里捕捉鲻鱼。那头鲻鱼在退潮时，滞留在石头围成的护基里。这个"护"属乡音，渔民们用海边的石头围起来的石堰，像一张渔网，藏身于礁石里的鱼儿，退潮时如果不及时游离，会被石堰圈围在里面。海水退到尽头，石堰里的水很少，鱼在海水里等着被捕捉。那天我拿着一张三角网，像平时那样涉水张网，突然，水里翻滚一个浪花，我又惊又喜，推着竹竿渔网进入深水区，鲻鱼竟然躲进石穴里。那时我个子小，那张网有点大，海水淹到我的胸脯。我用竹竿赶鲻鱼，它从石头底下游出来，可我没能捕到它，正当我不知怎么办时，背后传来阿土猴的声音。

"阿弟，让我来帮你捉。"

阿土猴手里夹着一支烟，肩上扛着一柄锄头，他有三十多岁，在海边的地里干农活，我的一切行动都看在他的眼里。

我拖着三角网回到水边，把网给了阿土猴。

阿土猴接过网，丢掉半截卷烟，咧嘴笑着说："我捕到鱼了，一人一半，如何？"

我点了点头。阿土猴接过三角网，他比我高大很多，经验也比我丰富得多，一会儿，那头鲻鱼就在我的网里挣扎。

好大的一条鱼呀！当我们抱着它回家，母亲称了一下鲻鱼重量，三斤多呀！

母亲把大鲻鱼切开，一家一半，分成两份，让我去叫阿土猴过来拿鱼。阿土猴来了，笑呵呵的，嘴上说不要不要，手里还是拿了一份鱼。父亲始终站在一旁看着，当阿土猴拿着半条鲻鱼回家，父亲在他背后骂道："哼，眼睛像条裤缝子，挑鲻鱼可贼准！"

父亲说的是他挑了鲻鱼肾的那一份。

在我家乡，一条鲻鱼最好的有两部分，一是鱼头，二是肾脏。母亲把鱼头分成两边，一家一半平等。而鲻鱼肾只有一个，比大拇指大一点，不好分开。鲻鱼肾我吃过，只要咬上一口，那种脆香一辈子都忘不了。父亲骂阿土猴既有跟小孩争鱼的无耻行为，又有挑鲻鱼肾的贪心。父亲说："什么一人一半？一个大人，看见孩子捕不到鱼，应该帮忙才对，怎么还分鱼呀，而且连肾都挑走了！"

"如果没有他，孩子怎么捕到鱼？"母亲是个乐观派，她总是往好处想，"鲻鱼大，孩子小，折腾久了不安全呢！"

母亲把半条鲻鱼煲汤，加了一斤豆腐，捞了半盆线面，一家人香喷喷地都吃了。

儿时的这个事儿，在我离开家乡三十年后，还记忆犹新呢！

每次回家我都到海边走，都去看南冥的石头。

南冥其实是一片礁石群。巨大的石头堆成山，在海水里时沉时浮。涨潮到了最高点，南冥的石头只露黑黝黝的石顶，它们的形状像帽子，所以南冥也被乡人叫"帽顶"。而我喜欢南冥这个词，我喜欢退潮到了最低点，一半的石头露出全身，另一半的石头露出半身。当年我捕到鲻鱼的护基还在，但那里面没有鱼了。

我越过那些堰石，爬上南冥的礁石群。

南冥的石头又大又多。一座石头博物馆呀，方的圆的，大的小的。它们互为犄角，千百年形成一个整体，任凭风浪摇撼从不倒塌。有的石头像动物的形状，长着厚厚的寄生贝和绿色的藻类，看上去像海豚也像水牛；有的石头干干净净，方方的一个台面，摆在那里像个棋盘；有的石头颜色特别漂亮，带有褚红、暗红和黑白斑点，花纹像水波一般，吸引我掏出手机拍照。那时候是傍晚了，我也拍港湾里的夕阳，夕阳下波光粼粼的水面，东海里远航的船影，从这块石头爬到那块石头，不知不觉间，海水涨潮了。

我不知道海水涨潮，还在南冥的石头上玩。

几亩面积的南冥，安静的石头群，慢慢地，把我也化成一块石头。我坐在南冥的石头上，看天色渐渐变暗，在夕阳落山的那一刻，突然焕发出一片灿烂。海面上弥漫着玄幻不定的光芒。我看到的蔚蓝色的海洋，渺茫的空间里带有一股深邃的吸引力，我仿佛被这种吸引力笼罩了，意识回不到正常状态。不知过去多久，有个声音飘了过来——

"嗨——你在做什么呀！"

我转过身来看到一条船，船上站着一个人。他向我打着手势，让我看早已消失在水里的石堰。"啊！"我大叫一声，我与大陆隔离了！

当我好不容易爬上船，这个中年船夫认出我来。他惊喜地看着我："你是安大哥吧，你回老家少，可能不认识我吧？"

"啊，对不起，你是……"我忙递给他一支烟，对他表示感谢。

"我是阿土猴的儿子阿祥呀！"中年人对我十分热情，他把我送上岸，还在船舱里抓出两条鲻鱼，用一条绳子串在鱼鳃帮上，让我提着它们带走，"你拿着，安兄弟，你是村里第一个大学生，我小时候，爸爸要我学你读书，可我头脑笨，只能当渔民喽！"

"你爸爸还好吗？好多年不见了。"我看着同村人阿祥。

"我爸爸几年前走了。"阿祥一点也没改变他乐观的心情，他收拾了渔具与我一起走回村子。在路上他说了好多话，其中有一句话留在我的心底。

"小时候我爸很疼我呢，我爱吃鲻鱼肾，他总是给我吃。"

"鲻鱼肾？"

"鲻鱼肾补脑呀，一条鱼，一个肾呀！"阿祥哈哈地笑着自嘲说，"可我吃了很多鲻鱼肾，也没能考上大学！"

阿祥的笑声在昏暗的村庄田野上传得很远。

我摸着黑往前走，路上白茫茫的……

黄明安，福建省莆田市人，从事散文、小说写作多年，作品散见于《福建文学》《福建日报》《文艺报》《新民晚报》《香港文学》《中华日报》（台湾）等报刊，散文集《黙想与温柔》获第十八届福建省优秀文学奖三等奖，长篇小说《湖耿湾》获第七届福建省百花文艺奖二等奖，有作品收入《读者》《福建文艺 60 年选》等。2016 年在海峡文艺出版社出版《大爱妈祖》（福建文化丛书之一）。现为莆田市湄洲日报社副总编辑，《油画》杂志主编。

海水漫上来（三章）

空房子

◎ 庄伟杰

一

说空房子或者说房子空，其实是在说一种感觉，一种悟觉。

房子并不空。四季轮回流转，这房子不但不空闲，而且像主人一样，挺忙碌的。

置身这盒式的空间或处所，每天收入的东西持续不断，而支出的东西少之又少。

对于一个读书人如我者，认真盘点，整个房子里堆得最多的当数书报刊，尤其是各种各样名目繁多的图书。

它们林立于四壁的书架上，自成一道琳琅满目的风景。日积月累，而今连地上都已堆得满满的。

拥有那么多的图书，特别是古今中外的经典著作，这房子能算空吗？

庆幸的是，当你独处时，相遇那些鲜活的灵魂，可以互动对话，或者展开交流。

二

一个人的夜晚，所有悲悯的焦虑，需要灵魂的歌吟。

当黑夜辽阔得不着边际，躺在寂寞的怀里，因为有书香的陪伴，时间仿佛充满了色彩，心花悄然渐次绽放，生命甚至如许缤纷亮丽起来……

然而，人真是一头奇异的怪物，特别是自诩为诗人者。

我是诗人吗？诗人是我吗？我和诗，诗和我，到底存在什么关联？

如此诘问，连自己也不知该怎样回答。当你反复追问，从内至外，或从外到内，往往叫人不知所措，甚至让心跳加速嘣嘣乱跳。

三

天地苍茫，心事浩茫。日子磕磕绊绊，俗务堆积如山。

当你忙，意味着心亡，心跑了，或无心；当你碌，说明你只能石头般默默刻录每天的琐碎。

常常是，忙碌了一整天，但依然一无所获。就像你在等待某种奇迹降临，却依旧渺渺茫茫。

一个人和另一个人，拥有的时间是相同的，却不能等量齐观，因为过程不同，所获得的结果迥然不同。

空房子

四

有的人每天都在探索和创造价值，有的人每天只是在重复自己。

素来喜欢躲进空房子里，延续思考与创造的命运，一种趋于完美的渴求。

在季节的深厚里，却左右不了一场风雨，唯有借风雨澄清尘网中的自己，在一座空房子里，承受风雨中不能承受的生命之轻。

一旦疲惫了，什么都不愿去想，只想好好睡上一觉，为自己的诗性创造，准备一份更清醒的清醒。

逐日而行，携带一份湿漉漉的向往，倾听昼与夜在指尖循环，哪怕房间里堆满的东西给现实加重了负担。

守望的梦想，可能是另一种空想。这样想着，你会觉得这房间就是一座空房子。

一切都空空如也，一切又都如此真实。只是这空——

属于一种巨大的虚空，犹如一个理想主义者愿意为梦想而献身，不管结果如何。

这时，唯一能让你充实和安静的，或者说能用来安顿灵魂骚动的，或许只有字词之花——那次第绽放如同灯光闪亮的幽灵。

五

拥有那么多的实物，依然觉得空。

具备那么多的拥有，依然觉得无。

在实与空、有与无的临界点，如何看清自己，如何面对这房子，在不同的境遇中，其命名的方式是有别的。

事实上，世界并没有我们想象的那么复杂，那么扑朔迷离。万事皆空，那恍惚的空，命中呈现的图案早已注定。

在空房子里，我们与世界之间产生的震颤，最后都会归于诗意的宁静。而彻悟的空，乃是我们栖息的居所，它本来就是一座空房子。

庄伟杰，闽南人，生于20世纪60年代中期，旅澳诗人作家、评论家、书法家，文学博士，复旦大学博士后。现为浙江越秀外国语学院特聘教授、《语言与文化研究》主编，澳洲国际华文出版社社长兼总编等。曾获第十三届"冰心奖"理论贡献奖、中国诗人25周年优秀诗评家奖、第三届中国当代诗歌批评奖、人人文学网2014年度网络文学诗歌新锐奖等多项文艺奖，作品及论文入选两百多种版本，有诗作编入《海外华文文学读本》等三种大学教材。至今出版有《神圣的悲歌》等专著近20部，发表学术论文和文艺评论等350多篇。

故乡（五章）

◎ 笔 尖

回到故乡

踏着星星铺在路上的清流回家，我望见了池塘，还有那片熟悉的园子。

乡亲们在那里干活，有的是我熟悉的，有的是我陌生的，而我对他们来说也如斯。

他们望我，感觉乡村穷了；而我望他们，感觉乡村也穷了。

一路上走来，看着这一切，仿佛十年前的我，躺在园里，仰望星空，仰望山的那头，总想知道远方。

彩 虹

在家乡看到彩虹，是一种梦想。童年，我总是约上小朋友，去追那不期然出现的彩虹。我喜欢上她的鲜艳和纯美。

大一点的时候，很少见到彩虹了。彩虹被城市的尘埃遮蔽得太死了。城市里的天空，现在，往往只会落泪。

晓来重濯

童年留下的美好痕迹，擦在心上，是如此的清晰，而我要何处寻它？

若偶尔在某一个夏天，我还能遇见她，一定是家乡的山水，城市都有了；一定是家乡的童趣，城市里也有了。

那时，开车追她多好！

乡村的烟囱

厨房把烟囱组成号子，在傍晚的时候吹响乡村。逶迤而上的缭绕，多像回家的路。

儿时的我们一听到它，就知道该回家吃饭了；虫子们一听到它，就知道傍晚的心事。

那时，它在黄昏是母亲的手语，召唤田间沉重的背影；那时，它在黄昏是父亲的微笑，诠释乡村的宁静和幸福。

而这一切，如今，已渐渐消逝了。

我在淡淡的蓝里，已不再需要烟囱的搀扶。

然，这一切犹如在昨。

父亲的影

父亲老了，总闲不住，不停地在果园里修剪残枝。一根根被剪的树枝，犹如父亲的影子一样沧桑、孤单。

父亲说："剪了好，越剪树才能越年轻，果子才能越长越多。"

而许多时候，残枝是剪不完的，剪了一年又多了一年，年年如此。

看后我生气对父亲说："别修剪了，再修剪树反而结不了果了。"

父亲听后无语。双手，被夕阳打得颤抖，映得消瘦。

微风吹来，被修剪掉的残枝，仿佛父亲的影子晃动了几下，就要停了。

乡　音

顺着一声声久违的乡音后点燃起黄昏的眼睛。

我看见了熟悉的菜畦、蛙鼓、花语，看见了老屋。

我望见了黄牛、鸡、鸭，还有一群群玩耍的孩子们。

这一切轻轻地撩拨，一撩拨，就是一框框的往事，如装满苦难的玉米棒子，一剥，一粒粒就落下了，如聚结多年的泪水，一下子就要砸疼了土地。

土地多么的厚实，接啥，啥都能拢起一座村庄，一个家园。

笔尖，原名李书烜，"80后"，现为中国散文诗协会会员、福建省作家协会会员。在《散文诗》《散文诗世界》《诗选刊》《福建文学》《现代语文》等发表作品数百篇，作品入选数十种选本，获过福建省优秀文学奖二等奖等各类奖项十余次。著有《坐在城市的楼顶》《宽阔的风景》《之间》等。

大海比我想象的要澎湃一些

◎ 杨健民

大海是地球的冒险者，装了太多的暗算
它扔出一枚旭日，又收回一轮落日
天狗根本不是它的对手，只能被海绊倒

多少年来，我一直在寻找海的乳名
但我找不到切入口去咬定这个昆士兰
我只知道，它比我想象的要澎湃一些

黄金海岸如同少妇昨夜里失身的潮
蓝色的词语上下翻飞，穿过风的缝隙
我不断燃烧修辞，把一杯消逝倾过头顶

大海，我可以用大海熄灭所有的潮汐
包括鱼类和海藻，以及海鸥尖细的求偶
这个世界能够规范秩序的，大概只有海子

海子的面朝大海早已失孤，却能湿透太阳

赤道以南的春暖花开总是那样闪烁其词

这座大海的美学是迷茫的，它是天的影子

我想倾斜一下它，让它成为天的镜子

能照见浪花将浪花的往事一网打尽

再去照出比我想象的要澎湃一些的景深

2018.10.3 于墨尔本

杨健民，福建仙游人，毕业于厦门大学中文系。研究员，中国作家协会会员。出版过若干学术著作、散文随笔集、诗集。现居福州。

晓来重濯

我们在一起（外两首）

◎ 张应辉

那些赠予大自然的诗

我一句句捡回

抽出里面的翠绿，献给你

还拥抱你的花房

你高贵的眉痣

从手掌抵达我心灵

点燃了火山

岩浆在眼前冷却

那些鸟儿穿越飞弹

把秋果丢落

下一场雨就开花

花瓣别在你的发梢

美丽的世界

我们足够幸运

还有一些人

我们也去领来一起

我在城市某处等你

时间久了，活成一座地标

人来人往我都在

古厝的青苔向我蔓延

我们被揉成一团陈茶叶片

每天沉浸在玲珑瓷杯

点一滴到酒里

一起化为水

你们来，我在城市的某处等

有形的山水在

无形的情愫也在

只要你惦念这座城

仰望天上的彩妆

脚踩诚实的土地

你都会找到

生命繁衍的气息

与万物道声晚安

要晚安了

所有的春光都打烊

明日万物还在

歇一歇我们劳作的躯体

聪明了一整天

让夜蒙蔽我们的双眼

都晚安吧

给恶行者一个反省的机会

在黑暗中太过精明

阳光不会照耀他的暮年

往来的人与事

用毛边纸记录下来

粗糙却吸满柔顺的墨汁

晚安了

一切能发出的声音

都公平地寂静

那些色彩斑斓的画面

单一地蒙上黑幕

我们暂时集体逝去

与夜及夜里的其他同在

翌日，世界会准时复苏

晚安，让我们以统一的姿势入眠

　　张应辉，福建省文学院院长，福建省文艺评论家协会会长，
教授。

晚来重濯

来历不明的伤（组诗）

◎ 叶发永

一个老人的日记

今天没事

今天又是没事

今天仍然没事

今天还是没事

……

没什么事

那我先死了

台风过境

一群人在还乡

一群人在寻找他往日的家乡

他们边走边叫，边叫边喊

找不到回家的路

他们哭了

他们抱起这个世界在摇

泪如雨下

台风过境

我看见了风悲伤的模样

阔叶榕：春天会证明我

柳树献出了节操

苦楝树浑身是伤

自命清高的银杏被钉在高处一边示众、一边忏悔

蒿草、茇茇草、狗尾巴草……那么多

鲜活的生命，有的背井离乡

有的熬不过这苦，把自己

埋进土里

阵阵寒意啊

风声一阵比一阵紧

"这日子还有尽头吗？"

"换一张脸，你也可以过得很好。"

"可是，一个跪着的世界

需要有人站着，需要有一种绿

有一种精神唤醒温暖与美好。"

就让我这样孤绝地站在冬天里

春天会证明我

当我倒下，将是一片姹紫嫣红

新新母亲

母亲卧着

我们给母亲梳头，戴上耳环、戒指

换上簇新的衣裳

安静的母亲，新新的母亲

像一个漂亮的新娘

这一段日子，母亲说头痛得厉害

母亲说墙壁上的父亲

在村口的某个地方

不停地喊她

一早上

母亲就盯着客厅的钟表看

似乎在和秒针抢时间
似乎在赶一个暗中说好的约定

以前，父亲干活回来
会朝着屋里的母亲喊一声
这次相逢，应该是母亲先喊
然后，里屋的父亲
再惊喜地，应答一声

我这样想时，悲欣交集
安静的母亲更安静了一些

咳是一种怎样的提醒

开始咳了
越咳越厉害
咳得停不下来
话说不出，觉睡不着
身子里惊涛拍岸
我握不住我自己
我喘息，颠簸，摇晃，气喘吁吁，浑身湿透
四周沧海茫茫，茫茫沧海

一夜无眠

窗外的百灵鸟口含一缕晨曦，为爱歌唱

"真快啊，又是一年春天！"

"又到了迎新送旧的季节！"

突然，我就想起了母亲

突然，我就泪流满面

"母亲啊，我是你亲亲的儿子！"

来历不明的伤

刚开始是脚底的一处裂痕

紧接着是脚踝、膝盖，现在

延伸到了手腕、肘骨

众伤一路喧哗

那些相识多年的伤，我向它问好

那些似曾相识的伤，我努力喊出它的名字

而那些来历不明的伤，我要俯下身子

向它们致敬

它们如此受苦

而我一无所知

它们代替我在伤痛里熬

熬到青一块紫一块，还是没有把我放弃

抚着越来越多的来历不明的伤

我惊出一身冷汗

叶发永，作品见于《诗刊》、《星星》诗刊、《草堂》诗刊、《诗潮》、《诗林》、《福建文学》等刊物，入选"福建省百年百个诗人"。获福建省第二十六届和第二十九届优秀文学作品奖暨第八届、第十一届"陈明玉文学奖"，福州市第二届、第三届"茉莉花文艺奖"，国家财政部 "建党九十周年"征文一等奖等。现为福建省作家协会会员，福建丑石诗群成员，福州市仓山区作协副主席。

晓来重濯

竹屿湖（三首）

◎ 高 云

一场打湿栈道与游客的春雨

这天　站在湖畔的栈道

抬了一下头

随即低下

便是一场春雨

这场春雨

扑通一声

丢进湖中

溅起了一首首小诗

这一首首小诗

一不小心

丢到心里

泛起了涟漪

这涟漪

没过了栈道

层叠般的花瓣

祝福着我你

季节与湖的春忆

当时　抵达你的身边

我也知道

只是途经此地

不想在此久留

今天　而我站在不远的地方

看见一个小孩

将童真

投入你的怀抱

雨过天晴

白鹭飞起

湖水的香气

犹如兰花

晓来重濯

弥漫起来的香气

清新

洁净

灿烂

湖畔的春花与野趣

一捧花

就像这湖水芳华激荡

一层一层

拨开花香

终于

在湖底找到内心

转眼之间

清澈如洗

反复变换的颜色

开始透明

让雨下

从绿到蓝

恰如春花

不苍茫

加一杯红酒

展开湖光山色的遐想

2018 年 4 月 2 日晚于平潭

高云，1963 年出生，福建平潭人。系福建省作家协会会员、福建省民间文艺家协会理事。在《福建文学》《福建乡土》《海峡体育》等报刊上，发表过大量的诗歌、散文、报告文学、小说和文艺理论等作品。著有《生命方程》《花开的日子》《走读山水》《一路走来》等诗集和《记忆深处的风景》散文集。主编有三卷本平潭文化丛书（《平潭民俗文化概览》《平潭文物概览》《平潭闽剧经典作品概览》）。曾获福建省第二十二届和第三十一届优秀文学作品奖（榜）。

晓来重濯

错 过

◎ 李相华

　　别人纷纷回家过年时,黄春生被老板留了下来,也是他自愿。留下来干啥?看场。工地上人都走了,空空荡荡,得有人看场。

　　白天,老板会找些不轻不重的杂活给他干,因是春节期间,干一天算两天。晚上,就他一个人睡在工地上。半夜三更的,得爬起来用手电筒到处照照,吓唬吓唬小偷,有夜班费。黄春生算了一笔账,春节十来天时间,他能挣到平时一个月的工钱。这样,他一年就能挣到十三个月工资了,平白比别人多出一个月来。今年,他运气不算太好,碰上城市下水道堵塞,他被老板借给市政局,在下水道干了好多天,大年三十那天,就是在下水道度过的。

　　农历正月初五,他再回家去"过年"。好多年了,黄春生的年就是这样"错过"。他觉得这样划算,能多拿一个月工钱,再加上平时从牙缝里省下来的,他就能给秀英带回更多的钱了。能给秀英带回更多的钱,秀英就高兴。秀英高兴,他就幸福,再苦再累也值了。

　　他把要带给秀英的钱,小心翼翼地缝在裤裆里,连衣服也没有换洗，就扛起蛇皮袋去赶车。蛇皮袋里装的是老板娘送给他的旧衣服，还有几盒快要过期的点心。他动了一个小小的心眼，知道自己这身打扮，没人能看出他是一个"有钱人"，强盗、小偷也不会找他下手。

他本该打"摩的"去车站的，打"摩的"要十块钱。听工友说现在坐公交免费，他想，天下还真有坐车不要钱的好事？他决定去挤公交试试。挤上公交，他才发现，自己来错了地方，蛇皮袋太大，没地方放；更要命的，是随着他的到来，车厢里挤进了一股怪味，下水道的气味，又酸又臭。靠近他的人，扭头，捂鼻，躲开。躲不开的就叫司机停车，要下车。

一个银发奶奶说，带这么多东西，穿这么脏，就不该来挤公交。她指了指后排座，说，坐那里去吧。

黄春生低着头，不敢去看别人的眼睛。他尽量缩小自己，挤到后排角落，刚坐好，手机响了，是秀英打来的。黄春生尽量放低声音，怕吵到别人。他告诉秀英，已经在路上了，正月初七保证到家。正月初七是人日，也恰好是秀英母亲的生日。黄春生的打算是，一家人团团圆圆给丈母娘过完生日，再在家待上三五天，和秀英好好亲热亲热，把一年的亏欠补回来，然后回城，正好能赶上新年开工的日子。

黄春生知道，秀英打这个电话并不容易，她得爬上牛头山才打得通，而牛头山离他家，有好几里路远。

秀英是"半路上"嫁给他的，秀英嫁给他时，带来一双儿女，还"陪嫁"了个丈母娘，那时，他已错过结婚年龄。他很感激秀英给了他一个完整的家。

显然，养活这个家，并不是一件容易的事。

公交车终于到终点站了，下车的人，都深吸几口空气，尽管城里的空气并不新鲜。

银发奶奶下车时，不知是人多挤的，还是她自己不小心，脚扭了一下，她坚持要穿过马路，在躲一辆车时，一脚没踩稳，倒在了路中间。她挣扎着爬了几下没有爬起来。路过的人远远躲在四周观望，过往的车辆纷纷绕开，没有一辆停下来。黄春生是最后一个下车的，他把蛇皮袋放在路边，看着倒在路中间的银发奶奶，犹豫着要不要去扶她一把。有人提醒，小心，她会讹上你的。

这话，银发奶奶也听见了，她喊，我不会讹人，帮我一把吧。没人相信她。她看见了黄春生，向黄春生招手。黄春生只好走过去，把她背进候车室，放在座椅上。银发奶奶在黄春生背上打了好几个喷嚏，可能是黄春生身上的怪味给熏的，也可能是冷风给吹的，鼻涕流了黄春生一脖子。她掏出手绢，擦干净自己的嘴，想给黄春生擦擦脖子，说声对不起时，黄春生扭头不见了。银发奶奶想，还真怕我讹上他了？她打通了儿子的手机。

黄春生来到路边，他的蛇皮袋果然不见了。他满街寻找，也没有找到。这样一折腾，错过了开车的时间。他去退票，售票员说，车都开走了，还能退票？他只好买了张第二天的车票，多花了一百多块钱，黄春生很心疼。

他来到候车室，发现银发奶奶已经不在了。黄春生摇摇头，心想，还好，她没有讹上自己。他打算就在候车室里坐一夜。

想给秀英打手机，告诉她娘的生日要错过了。他明知打不通，还是打了一次又一次。

这期间，银发奶奶的儿子到车站来过，银发奶奶特别交代他，要给那个民工买点礼物，最好带他到洗浴中心去洗个澡，换身干净衣服。但他找了好几遍，没有找到那个带蛇皮袋的民工，他想，也许他坐车走了。

李相华，祖籍湖北郧西，现居晋江。出版小说集《黑白桐》、诗集《淡泊的岁月》《死亡照亮的眼睛》等，作品入选《小说选刊》、《福建文艺创作60年选》（中篇小说卷）、《〈福建文学〉60年作品典藏》短篇小说卷及诗歌选本。获福建省第27届优秀文学作品奖、第七届百花文艺奖、首届福建省中长篇小说双年榜提名作品奖等。

晓来重濯

记忆唐古拉

◎ 孙永明

唐古拉，世界上一座山的名字。它和许多著名的山不一样。

深夏的格尔木很快被车轮甩在身后。随行的人开始嘀咕着，畏惧和好奇溢满车厢。尤其是那位女性，我不知道她的名字，她的畏惧到了乞求下车的程度。其实，有人畏惧，且有足够的理由，完全可以和我们道个别离去，但那个把握方向盘的司机偏偏不允，当作没听见，依然猛踩他的汽车油门。我从倒车镜里看到那漂亮的女人一脸的哀伤。

唐古拉究竟是什么？我似乎对它是座山产生疑问。为什么这么多的人畏惧它的存在？

"如果先来个愚公多好啊。"

"那你们就别来！"憋着一肚子不悦的司机终于蹦出声。

我沉默地望着车窗外，注视着莽莽草地和与天相连的羊群，它们没有分开的意思，相伴着起起伏伏，像一对忠实的朋友。风悄然传递着它们之间的心语。每一音符仿佛都落在羊蹄上，每一词组都携带着藏羚羊的雀跃洒落在高原的时间乐谱上。

向唐古拉挺进，我去看看唐古拉这个全世界最高的公路山口究竟什么样，它为什么让这么多人崇敬、畏惧和骄傲。为什么，为什么有人一生的追求就是要走一趟唐古拉？为什么有人一听到西藏立刻就恐惧不安？为什么有人竟然如此恐惧唐古拉？唐古拉，似乎是一次灵魂的拷问。

通往唐古拉的途中，是人们享受大自然最好的机会，没有人想睡，想睡的人一定是因为高原的生理反应引起的。在这辆开往拉萨的车里，有五六个黄毛、高鼻梁、蓝眼睛的外国游客。他们一路上用微型摄像机不停地拍着。一路上人们看到的是勇敢者在默默地展示他们生命的意义。有徒步的，有骑着自行车的。他们的背上都写着"徒步走西藏"和"登上世界屋脊"的字样。这时，我就觉得自己很惭愧，坐在车里，凭着先进的交通工具向世界屋脊进发。

在我的眼前是连绵不断的一座座山峦。山峦和天空形成鲜明的对比，一个是金灿灿的，一个是湛蓝湛蓝的。在湛蓝的天空上飘着片片五彩的云朵，在金灿灿的山峦上游动着缤纷的牛羊，还有点缀它们的经幡和玛尼石群。玛尼石群从车窗前闪过，像是在说着无数个关于生命的故事。从古到今，多少人从它的面前经过，又有多少人再也没有离开这块被世人视为"生命禁区"的唐古拉。他们生命的意义在哪里？这是不是英雄主义的精神基础？这些念头在我的脑海里随着接近唐古拉而消失。

人们开始感觉到高原反应。先是头部胀痛，接着胸部发闷，呼吸缓慢而沉重，头像被一只无形的手在不断地撕拉着，眼眶也跟着有胀裂的感觉，鼻腔呼出的气体热乎乎的；再接下来人就处于半昏迷状态。最糟糕的是，在接近唐古拉山口时老天爷下起了雪。我第一次看到这么大的雪。车窗外全都结了一层薄冰，车里的空气渐渐地稀薄，人的心脏跳动在慢慢地减速。坐在我前面的几个外籍朋友也从刚才的兴奋转为沉默不语。那个漂亮的女人哭了，她已经没有勇气批评让她来的人，她的目光和那张惨白的脸色在告诉我，她绝望了，悔恨让她失去很多很多的尊严。只有藏羚羊在我们的窗外欢快地奔跑着。

坐在我身边的是一位藏族老阿妈，她在不停地嚼着她的奶酪。她发现我处在高原的生理反应中，便从她的壶里给我倒了一小杯的酥油茶递到我的嘴边。我就觉得鼻腔里吸进一股清新的暖气，睁开眼，看着她爬满皱纹的慈祥的脸。她用微笑示意我喝下，我一口就把这一小杯的酥油茶喝下，我的第一个感觉是胸部的沉闷很快消失，头部那种撕裂般的胀痛减轻了，尤其是眼眶滋润了。我转脸看着老阿妈，她正聚精会神地转动着她手中的经桶，嘴里不停地默诵着藏语的经文。我想她一定在祈祷着什么。她睁开眼依然是一脸的微笑，那样慈祥地看着我。这时我开始从她虔诚的微笑中感觉到她的善良。也许是那杯酥油茶，也许是老阿妈的虔诚，也许是我开始适应高原的环境，我的身体恢复过来，痛苦也减轻了。

窗外的雪小了，唐古拉山口出现在我们的眼前。灿烂的阳光照耀着皑皑的白雪。我们的前方有一支车队在缓缓地向上爬行。

司机踩大油门冲向山口。

山口经幡在雪地里闪耀着它的光彩。玛尼石仿佛要比唐古拉山头有着更为高傲的姿态，它们依照着藏传佛教的地理规矩依次向山头和山下排列。

最坏的事发生了。

我还在举目仰望着雄伟的唐古拉山头，就觉得车在急速中刹车，我的前额重重地撞击在前排的靠背上，车里的人开始叫喊着。车停在路边，大家叽叽喳喳地议论着前方的那辆车。我看到惊心动魄的一幕。前方的那辆车在雪地里失去了控制，它一会儿滑向路边，一会拐向陡坡，像个醉汉。当车再次驶向悬崖边时，车头上跳下一个人，可能是这车的货主，他被吓得从车上跳下来，他在地上翻滚着，而后就再也没有爬起来。他就躺在我们的车轮前。实际上，他是第二个跳车的人，第一个跳下来的人引发了我们的急速刹车，这个人已经从地面上挣扎了几下站起来。而我看到的这第二个人，就这样把生命永远留在唐古拉。他的生命就结束在我们的车轮前。他的车在急速刹车后，一个前轮已经悬在路边，而车身却横在路的中间。

大家纷纷从车里走出，许多人惊魂未定，望着躺倒在车轮前的那个人。

一个生命结束了，而还有许多连同我在内的生命还在等待着。老阿妈不像我们看完死者就立刻离开，她默默地守在死者的身边，不停地转动着她手里的那个转经轮，为死者祈祷。许多藏族兄弟都向我们走来，他们把死者围成一圈，用他们的藏族仪式为死者的灵魂找个去处。前前后后的车都停下来，静静地等待着等待着。

死者并不是车祸而死亡，而是紧张中跳车，心脏骤然停止而亡命的。生命和大自然相比，真是无比脆弱，一切都在瞬间而来瞬间而去，来不及更多的思考与选择。

老阿妈像个灵魂的引路人，她拿着转经桶走在前面，后面是司机和几个藏族兄弟抬着死者向山下走去。在一块较为平坦的地方，他们把死者放下，司机们将自己车里的棉被盖在死者的身上，而后才沿着下去的路返回。一路返回一路还将石头堆成玛尼石堆。我此时才知道玛尼石的意义之一就是对生命的祝愿与祈祷。

我们都想立刻离开这里。前方车队的司机们纷纷来帮着把这辆货车推上来。刚才先跳下车而没死的那个人回到车里，我才知道这也是个司机，他们俩一同开着这辆车。不知是什么原因，这车就是发动不了。我们这些后面的车谁也无法过去，大家又一次陷入困境。大家都回到自己的车里等待着他们把车修好。不知是心情过于悲痛还是其他的原因，那车怎么也修不好。据说，这在唐古拉是常有的事。我身边的这位老阿妈坐在座位上不停地祈祷着，我想和她交谈却一直找不到机会。过了许久，老阿妈睁开眼，站起身向前看，接着她再次走下车，走到修车的司机前，嘀嘀咕咕地说着。司机弄不明白老阿妈的意思，老阿妈着急了，她向四周望着，而后向一个方向招了招手，并大声地叫喊着。很久很久，在我们的身后走来三个牧民，他们还赶着牦牛。

我不知道老阿妈从哪里叫来这些牦牛，天空还没有下雪。但在我们的脚下，在我们来的那方向却下起雪来。我们站在蔚蓝蔚蓝的天空下望着山下那一片阴沉的云雾，人享受着大自然所赐给他们的独特韵味，又得为此付出他们自己难以想象的代价。

高山上的气候说变就变，没过几分钟，天板起脸来，接着就落下雪粒，一粒粒地打在车窗前。

那漂亮的女人哀声地说着："我要活着离开这里，我一定好好做人……"

她身边的那男人像噩梦惊醒，立刻将自己抚慰她的手从她的腋下猛地往回抽，他感觉自己一路上的过失，或许是被雪和死亡，或许是被这位藏族大妈所触动，也许还有很多很多的或许，我无法在缺氧的唐古拉做更多的思考。

我开始为藏族老阿妈着急，立刻下车，用最慢的速度缓缓地向他们走去。雪粒打在我的脸上冰凉得让脑袋发疼。气温骤然降到零下十几摄氏度。悲伤的阴云笼罩着唐古拉的山口。就是坐在车里的人也在浑身颤抖。

老阿妈就这样站在严寒中，她叫来的那几个藏族牧民，站在悬崖边的那辆车旁，用非常拗口的普通话将老阿妈的话翻译给趴在车头修车的司机听。司机一脸的自信，表情带点敷衍。我来到车旁，就听趴在车头修车的司机说："快了，马上就好，马上就好。"

善良的老阿妈依然站在雪地里，站在他们的身旁，她的睫

晓来重濯

毛早已被雪粒黏住了。她还向正想离开的牧民请求他们不要走远。那几个牧民还直愣愣地望着老阿妈。就在这时候，听见一声像沙袋落地的声音，趴在车头上的那司机就躺倒在雪地里，浑身抽搐着。

另一个司机从车上下来，他的脸色并不比倒在雪地里的那个司机好看，而且比倒在雪地里的司机少了一分平静。他悲恸得哭不出声，站在老阿妈和几个牧民的跟前，"扑通"一声跪在雪地里："求求您救救他吧，他是我哥……"说着，从口袋里掏出一叠百元的人民币递给老阿妈。

我站在雪地里，就站在老阿妈的身边。这短短的几分钟，我的眼睛被凝结的雪粒遮挡着，我擦了又擦，才从老阿妈的动作中看清这里人的善良与他们独特的救人方法。

老阿妈没有收钱，她和牧民一起把躺倒在雪地里的司机抱起来，将他全身的衣服脱光，用雪将他全身搓得黑红，将冒着热气的酥油茶喂入他的口中，而后慢慢地将他抬起，牵来两头牦牛把司机夹在两牦牛的肚子中央，牦牛在挪动着，我听到另一个司机惊喜地喊着："哥，你醒啦，哥……"

人生就这么有趣，司机醒了。车也可以发动了。老阿妈一分钱也没收又回到车上。所有的车都在向我们的车鸣笛致敬。那两个司机兄弟就跪在雪地里向我们的车磕头。我为我身边的这位藏族老阿妈感到无比骄傲。我开始热爱这里的人，我开始追溯藏族人民的生活观。我来自沿海地区，在那里我烦躁的心灵无法平静，现在平静了，我找到这个世界上最美的理念。我问老阿妈从何处来去何处，老阿妈做了个手势，表示她是去朝圣。

我们车里的人，还有那漂亮的女人开始睁开长着长长睫毛的大眼睛，问她身边的那个男人："唐古拉过了吗？"

"早过了，现在都到了安多县。"

"我怎么觉得还是在唐古拉呢？"

那男人笑说："你不觉得自己没有刚才那么难受了吗？"

"还是唐古拉……"

"缺氧引起的剧烈头痛还没有让你缓过来吧。"

"何止是头痛，整个灵魂痛，你知道吗！"

我并不知道他们的过去……一路风雨中，一路阳光下，我见到五体投地的朝圣者，他们用等身来量出他们的虔诚，而我身边的这位老阿妈却是用心来朝拜她所信仰的佛祖。

唐古拉，你是生命的山脉，你是灵魂的导师，你收留无数灵魂，你让多少人再生！

唐古拉，西藏的标志，每一个人都在羡慕你的尊严，每个想感受西藏的人都在此留下生命的记忆，就像这路边的玛尼石。

（原载《福建文学》2008 年）

孙永明，1955 年生于福建福州。中国电视艺术家协会会员，福建省作家协会会员。著有长篇报告文学《援藏岁月》《县委书记谷文昌》《闽商启示录》《天山沉思录》，散文作品刊发于《散文》《福建文学》《散文天地》等。

想念冰心

——冰心先生逝世 10 周年祭

◎ 陈章汉

　　想您在海。您的故乡，在福建长乐海边。郑和七下西洋的舟师，曾从这里起航。您从小就认识了海船，惊异于海船居然有眼睛；并且发现船帆的颜色，竟是用龙眼根熬汁染成的。您爱海的那片无边的柔蓝，执着地说我们固然以黄色为至尊，皇帝的龙袍是黄色的，但皇帝称为天子，天比皇帝还尊贵，而天却是蓝色的。您愿以毕生的经历，去证实先贤林公的箴言：海纳百川，有容乃大。您曾在自序中回顾自己的生命轨迹，如同一道小溪，从浅浅的山谷中，缓缓地、曲折地汇入不择细流的大海。您于是说过这样一句充满孩子气的爱海的话："假如犯了天条，赐我自杀，我也愿投海，不愿坠崖！"可就是，人生百岁，您犯过愁犯过忌，却不曾犯过天条。大千万物，唯有大海没有影子。您是海的女儿，没有犯错的因子。

　　想您在天。海到天边，天可以作岸。您因此最明白何以海天一色。在您看来，繁星即是渔火。而渔火只照见海域的丰收，繁星却能让人心透亮。您记住了父亲的话：星星看上去很小很远，但海上的人一时都离不了它。在海上迷路时看见星星，就如同看见家人一样。您于是给第一部诗集取名《繁星》，并以对星星的倾情，理解那小小橘灯。在您看来，那也是拎在手上的一份光明，一盏、又一盏，去照亮整一个时代的小读者。您还为流星歌唱，说它行走天空，可能有一秒的凝望，然而这一瞥的光明，已长久遗留在人的心怀里。想您就像那经天而无声的流星，可是我怎能如此忍心称呼您。那一秒就算是一万年，也毕竟太短、太短。好在，那一瞥的光明，已成永远的天启！

想您在路。您提醒我们，走在生命路的两旁，千万记着：爱在左，同情在右。您告诫小朋友，花是真善美的化身，无论园中或路边的花，都要留心呵护。您断言爱花者无恶人。比花更珍爱的，唯有儿童。您说除了宇宙，最可爱的只有孩子，和他说话不必思索，态度不必矜持，抬起头来说笑，低下头去弄水。您甚至认为婴儿是伟大的诗人，能在不完全的言语中，吐出最完全的诗句："妈妈！"于是您为普天下的母亲骄傲。并且用了满腔的热血为母爱歌哭。说唯有母爱，能使人由生中求死——要担负别人的痛苦；由死中求生——要忘记自己的痛苦。您以毕生的体验，确认一个真理：一切生物的爱的起点，是母亲的爱。乃至于一口咬定：有了爱就有了一切！

想您在心。一片冰心在玉壶，玉壶里的心却连着广宇。当您发现人类与自然万物共同卧于宇宙摇篮里，不可分析、不容分析时，您便想用"万全之爱"来概括世界的本质特征，以哲理的思索，给孤独的个体生命带来宇宙大家庭的融融暖意。您常常放过自然事物壮阔、狂暴的一面，执意去寻找自然界和谐、静穆、温婉的风格。您也不愿在大自然中寻求"悠然见南山"的高蹈出世，而是从中重温现实人生的温暖情愫，唱一曲烟火人间不歇的《绿的歌》。您曾用近乡情怯的口气提起母亲河闽江："我只知道有蔚蓝的海，却原来还有碧绿的江，这是我的父母之乡！"您祈望人们在自然的微笑里，融化人类的嗔怨；以"爱的哲学"的力量，重塑高贵的民魂。我的祖母与先生同庚，我从小就骄傲自己有两个奶奶。记得您曾心恸于"亲娘想我一阵风，我想亲娘在梦中"，此时，清明将至，纷纷雨已湿梦，我想奶奶，都在心中！不禁抚膺泣曰："假如真能有来生，还做您的小读者……"

（原载《福建文学》2009 年）

陈章汉，1947 年生，福建莆田人。1982 年毕业于福建师范大学中文系。曾任《福建青年》杂志副总编辑、副社长，福建省写作学会副会长，福州市文联主席、党组书记。中国作家协会会员。著有散文集、特写集、美学随笔、文化随笔、生活随笔、报告文学集、长篇报告文学、长篇儿童文学等，另有电视作品、诗赋作品、歌词作品、书法作品等。曾获全国优秀社教电视专题一等奖、国产音像制品特别奖、优秀广播节目一等奖、外宣作品金桥奖特别奖、教育类图书一等奖、金钥匙图书一等奖，并四度获福建省百花文艺奖，五度获福建省优秀文学作品奖。

天真面对

◎ 哈 雷

  对于世事洞察、人情练达等一系列成人的褒义话语来说,"天真"这一评语多少让人听了有点难过,那是和幼稚不得体、不通事理、不识时务等同的一个现代生活中的失败者的词。我没有考究过天真具体什么时候开始进入这么一种尴尬状态。人们可能越来越难以理解了,随着物质的丰富和社会的进步,最重要的是人的成人化发展,天真离我们越来越远了!理解也好,不理解也罢,但这一现实在我们身边的人事中越来越多地得以证实。

  善于谋划和呕心沥血是构筑起人生坐标线的经和纬,在无数的精英人士的成功之道中,没有"天真"二字。

  按进化论的说法,人类所必需的能力和品性自然会遗传下去,而不利其生存的地方就会被淘汰。那么,天真便是人即将要抛弃的品性吗?在这样一个将天真视为混沌未凿、个体还无力对抗社会风险能力的黄口小儿形象的社会,谁还敢在生活中去天真面对?对于天真,最妙的阐释是一个孩子为"天真"造的句子,曰:"今天真热。"连孩子造句都罔顾了天真的本意。

天真在当下的尴尬是现代人的处境的尴尬的一种解读。天真本来是指心地单纯，性情率真，不做作，不虚饰，是一种上帝赋予人的美好的天性。天真的人，无谎言被揭开后的尴尬，无面具被戳穿后的丑态，无虚与委蛇的疲惫；天真的人，无道貌岸然的可鄙，无城府在胸的可怕，无口是心非的可憎！但是，人们生存竞争的淘汰规则无情鞭笞着天真，于是人改变了原来的面目，有了心计和谋略，变得成熟老练、圆滑世故、巧言令色，为了些许的蝇头小利、蜗角虚名而巧设机关，暗布陷阱，欺上瞒下，牟取私利。天真的你变得老成持重，变得壁垒森严，变得忧心忡忡。不得不处处为自己的心灵设防，为自己的面具加锁，身不由己，言不由衷，力不从心。

现代人常挂在嘴边的一句话是"好累啊"。这种累更多的是失去天真品性的处心积虑、费尽心机的累。

天真，从哲学上说是归属自然的，绝不仅属于人之所有，它是生命的自体，并产生于广大不可知的宇宙世界里。在动物种群中你可以观察到，越是悠然的环境里，天真的情趣越是布满了山川和丛林，动物世界展现出一幅"诗意地栖居"的自然和谐的景象，是那么打动着你；然而，一旦出现猎物或者强敌的气味，它们的目光就急速凝聚起来，身上的鬃毛会紧张地耸立起来，全身的肌肉也会绷紧隆起，每个成员瞬间转为了战士。它愈有原因，便愈失去了它的本质。但动物种群和人不同的地方是，当生存的威胁过去以后，它天性中的那份"真"即刻恢复，"真"由"天出"，如余光中先生说的那样"破空而来，绝尘而去"，它得乎天性，非关技巧。也正因为它是一种契合了自然的生态循环法则，所以动物通透一切原因，而成为使生命自体得以天然呈现者。

那么在人类的族群中有哪些人可以天真面对着我们？环顾左右，我们会发现越是原始的部落，他们所保持的纯真的元素会越多些。无论是和你跳舞还是请你喝茶，迎向你的脸上呈现出来的微笑就是他内心的微笑，一点不做作，不矫情。再者可能就是些诗人和艺术家了，他们个人流露出来的话语的色彩总是和世俗的集体主义的话语相游离，他们崇尚单纯和天然，"爱和恨都不掩饰"，和既往的价值观念相抵牾，敏感地咀嚼着心灵中的小小悲欢，而不去理会现有的习俗、传统和权威。普希金、莱蒙托夫、雪莱、拜伦、徐志摩、蔡其矫……他们从本质上讲都是"孩子"，是不愿长大的孩子，是诗神缪斯卫护的孩子。诗人蔡其矫在他 80 岁高龄时还会写爱情诗，不但如此，还将他一生中爱过的故事火一般地抖在世人的面前，他可以"为了一次快乐的亲吻，不惜跌得粉身碎骨"。

天真是人性纯度的一种标志，是对生命最初的追溯和皈依。就如在钢筋水泥的丛林里你一定会向往着森林和河流一般，在钩心斗角、尔虞我诈的岁月中你心驰神往的一定是还有一颗天真从不受礼俗拘束保其处子的原心。南宋词人赵长卿很得天真趣味，他在一首词里写："无非无是。好个闲居士。衣食不求人，又识得三文两字。不贪不伪，一味乐天真，三径里。四时花，随分堪游戏。学些沓拖，也似没意志。诗酒度流年，熟谙得、无争三昧。风波歧路，成败霎时间。你富贵，你荣华，我自关门睡。"这是一种天真享受，但也并非每人都能修来。有位美女总编和我谈起当代中国男人时，用了两个字评价："无趣！"她说身边的男人有三好——一好喝酒，二好发无聊短信，三热衷于搞关系，概莫能外，忙得都没有时间站在自家的阳台上看看周围的花草，仰望头上的星空了。

对于成人来说，返璞归真是这阶段最向往的追求，这时思想的深邃和沉重已经被超然的出世态度代替，越是老到的大师越是不会为难读者，就如曾经是谜一样的博尔赫斯也说，到了老年，他只喜欢写些朴实的故事。所谓真人，就很近天真的原生态的人吧？！庄子《渔父》中说："礼者，世俗之所为也，真者，所以受于天也，自然不可易也。故圣人法天贵真，不拘于俗。"鲁迅曾经摘译过岛崎藤村《从浅草中来》中的一句话："我希望常存单纯之心，并且要深味这复杂的人世间。"正是有了这颗单纯之心，看透了人世之后他的心不会冷下来，还是那么温热和敏感。他的那些杂文往往有一股温热透过纸背，抵达读者的心灵。萧红曾回忆说："鲁迅先生的笑声是朗朗的，是从心里的欢喜，若有人说了什么可笑的话，鲁迅先生笑得连烟卷都拿不住了，常常是笑得咳嗽起来。"有位网友说他每天面对无数笑容——由脸部肌肉配合活动的技巧所创造的笑容，突然读到这段文字时，不由得怦然心动，悠然神往。能够这样开怀大笑的人，一定有颗天真的心灵。能够看到这样的天真笑容，是件多么快乐的事情！

天真面对是一种心灵的姿态，多一些天真世界就会少一些伪装，多一些天真人心就会少一些险恶。天真是一片绿地，天真是一种修为，天真是一处希望——天真深蕴着人类正义和良知。天真的可贵在于她的至纯至真，天真的美丽在于她的无矫无饰！

天真其实就是天人合一的情状，天真的人无论多大总还是会回到生命的起点来。天真其实就是去伪存真，朴实无华，于是我又想起另一个孩子是这样造句的："今天真好！"

（原载《福建文学》2009 年）

哈雷，1958 年生于福建福安，原名蒋庆丰。1980 年毕业于福建师范大学中文系，1996 年毕业于中国社会科学院研究生院经济系。曾就职于宁德地区教育局，后历任《福建文学》编辑，《海峡姐妹》副总编辑，《海峡体育报》总编辑，《东南经贸时报》《东南快报》创办人兼报社社长，《生活·创造》杂志社社长兼总编辑。中国作家协会会员。著有报告文学集《都市彩色风》，散文集《平常心》，诗集《阳光标志》，诗文集《白色情绪》等。获中华当代杰出功勋艺术家称号。

有一条河流叫闽江

◎ 林公翔

对每一个生于斯、长于斯的人而言，闽江——这一条八闽儿女的母亲河是那样仪态万方、雍容华贵，又是那样素面朝天、不施粉黛，经得起时间的磨洗和推敲。

记忆里的闽江是清澈而明亮的，被江水经年累月冲刷过的露出钢筋的水泥墩架起的码头下方，有许多穿着大裤衩的游泳者，也有光着屁股的儿童，大人们在水中潜游，做出各式花样，孩子们则在水中嬉戏，他们的快乐就写在他们的脸上。夏日的午后，蝉声远远地传来，斑斑点点的阳光撒在水面上，就像无数泛着光芒的金币。我印象很深的是，每到夕阳西下的黄昏，家住闽江附近的居民便早早搬着竹制的躺椅，或者是扛着那种前后两片插成倒三角形的竹床到解放大桥的人行道上乘凉。那时桥上没有来来往往的汽车，家中没有窗外轰轰作响的空调，从闽江上吹来的凉爽的风有时会轻而易举地将大人小孩吹进梦乡，直到第二天东方鱼肚白隐隐约约出现才搬起竹床揉着惺惺忪忪的眼睛回家。

如今这样的闽江场景已不复存在。

记忆里的闽江是悠闲而自在的。我有一个已去世的姑妈曾家住长乐，小时候父亲经常用自行车驮着我们兄妹三人，从台江第一码头上船。父亲将自行车吃力地推到船上后，船工会很整齐地将船客的自行车摆成斜斜的一排，然后用粗绳绑在一块儿。那时候去长乐先要坐船到营前，然后从营前上岸，再翻山越岭，最后才到达大山深处我姑妈的家。我最后一次在闽江上坐船是大学毕业以后，那时有一位亲戚在尤溪一所山村小学担任校长，不知从哪里弄了一张永久牌自行车的券，我很兴奋，当即和母亲一起坐船到南平，然后再坐船到尤溪，拿到后又坐车到南平，再坐船从南平到福州。尽管印象有些模糊，但记得很牢的是那次"旅行"是在船上过夜的。星星点点的江面上的渔火，慢慢悠悠行驶着的木船，寂静的夜幕中特别响亮的汽笛……长久地印刻在我记忆的深处。

如今这样的闽江旅程也已不复存在。

在我生活的城市，闽江边上如今盖起了成群结队的高楼，它们装点了城市的天空，这些高楼的剪影倒映在闽江碧波荡漾的水面上，像一幅画，又像一首诗，楚楚动人。

生活在发展，城市在扩大，昨日的记忆也在慢慢地褪色。昔日的闽江风景留在了城市的档案馆里，留在了老一辈漫不经心的往事叙述之中，留在了有心人古旧的照相机的黑白胶片中……

时间不停地往前走，古老的终将被崭新的替代，这也许是

晓来重湮

历史的法则，谁都无法阻挡。昔日的闽江与今日的闽江"判若两人"。只是，当人们居高临下地住在闽江边上的一幢幢经过精心装修过的高楼里，是否意识到你已经与闽江人为地分隔开来？

今日的闽江繁华热闹，却也难逃记忆消失的无奈。

昔日的闽江尽管历经沧桑，但却有着浓浓的生活气息。

一艘船四处漂泊，在可以靠岸的地方轻系缆绳，炊烟随之袅袅升起，这是何等有意思的生活画卷。我记得在福州四中上学时，从台江三保附近可以招呼艄公坐船到对岸仓山的龙潭角。摇橹人的甲板上堆着一网刚打捞上来的新鲜的蚬子，那多有诗意。有些场景，有些记忆，永远都不曾老去。

闽江的许多细节是值得让人慢慢品味的。

有河流的城市是幸运的。

河流是一座城市的灵魂，世界上那些风姿绰约的城市几乎都与河流紧密地联系在一起。它们因河流而声名远播，而河流又因城市的闻名遐迩而成为一座城市的烫金名片。

比如塞纳河，发源于法国东北部的德朗格勒高原，穿越了全世界最浪漫的花都巴黎，流经大半个法国。塞纳河犹如一条长长的玉带，把巴黎市区分隔成左右岸，将左岸的索邦大学、埃菲尔铁塔，右岸的罗浮宫、协和广场，以及被塞纳河环抱的巴黎圣母院等法兰西的文化瑰宝串联在一起。

比如流经德国的莱茵河，是欧洲最繁忙、最重要的河流之一，它为那些德国人引以为傲的城市增色不少。

比如泰晤士河，横贯英国，是名副其实的英国的"母亲河"，它蜿蜒地流经伦敦，是伦敦人茶余饭后不可缺少的话题。

还有广州的珠江，上海的苏州河，南京的秦淮河，成都的府南河……

而闽江对于福州人而言，同样是怦然心动的话题。摊开每一天的报纸，总有许多关于闽江的新闻：江边的某某小餐馆没有经过任何处理，便直接将污水排入闽江；失恋的少女从高高的桥上头也不回地跳入闽江，水上派出所的民警正在奋力抢救；"家住闽江边，与白鹭为邻""感应，闽江的宁静"等各式楼盘的广告……

你如果有时间，可以到闽江边走一走，你一定会有自己的发现。

清晨的闽江，忙碌而平凡；午后的闽江，宁静而安逸；暮色下的闽江，则平添了些许稳重、些许老练。

闽江的价值众所周知。

然而，对闽江两岸的过度开发也带来了前所未有的后遗症。

中洲岛不伦不类的建筑和正在播放着的高分贝音响，总是让我觉得刺耳难受，茶亭街终日的喧嚣早已失去了昔日闽都的古韵，那些曾经名重一时的老字号都到哪里去了？其实，鳞次栉比的高楼、彻夜不眠的酒吧才不是闽江两岸的特色，那些朴素的民居，那些百年传承的老字号，那些高低错落的城市山脉才和闽江的固有气质相融。

可惜，吉祥山被推平了，南星澡堂没落了，福聚楼、聚英楼等菜馆也不见了踪影。

可能这就是所谓的浮躁吧，利益的推动挤压了文化的空间，于是，人云亦云的个体标本层出不穷；于是，闽江两岸才失去了那么多的古老，多了那么多的不伦不类。那些所谓的某某一条街，在我看来都是些难以琢磨的荒唐的景象，当一片一片上百年的房子顷刻间被推倒时，我不知道那些规划者又会做出什么惊人的决定。

每当我开车从闽江大桥或解放大桥上驶过，看到江滨大酒店大楼巨大的立面上滚动闪烁着标语式的霓虹灯时，我就感到那是对视觉的污染。那么好的闽江夜色与那么不协调的标语，真的破坏了闽江的整体美学。为什么不设计一些充满青春激情或丰厚人文元素的动漫图案呢？仅仅在这一点上，香港的维多利亚港两岸的霓虹灯设计大可去学习一番，人家为什么会做得那么精彩？我不知道那些闽江景观的规划者有没有考虑过闽江的整体和谐美。在古老的闽江一隅，出现这么一个东西，显然有点仓促。

在我看来，闽江做得最好的是闽江公园南江滨，这里保留了许多原生态的树，这里建成了国内少有的雕塑公园，出自70多个国家的雕塑家的作品让人眼睛为之一亮。我每有外地的朋友来福州，都要带他们到南江滨公园去走一走，让他们感受一下福州跳动的脉搏，感受一下闽江无限的遐想。走在闽江公园的南江滨，注视着小路旁古老的树，聆听着百年不变的鸟鸣，追忆可能是心灵中原味最好的表达。

在宜水居小坐，坐在黄花梨木的大桌子前喝喝茶，或看看名家的字画，抱江在手，揽月在胸，不啻一种纯美的享受。

闽江是需要经营的，经营需要与众不同的理念，经营需要与功利主义做彻底的切割。

对外来者而言，闽江必须具备瞬间让人爱上的特质，像一流的美女，只要远观或不太有利益往来的近距离接触，都会让人怦然心动。

假若我是一位市长，我会将闽江边的"青年会"改造成独具特色的美术馆。盖因青年会是福州的一座标志性建筑，有近百年的历史。"青年会"主楼面朝闽江，有特殊的视觉美。将沿江的旧楼进行改造有很多先例。厦门环岛路有一个中华儿女美术馆，它的前身就是一个热热闹闹的鱼市，如今是现代化的美术馆。馆长李忆敏是我的一位朋友，坐在他宽大的办公室里，窗外的大海尽收眼底。假若我是一位市长，我会将闽江边通往烟台山公园的石阶两边改造成酒吧一条街，那将是多么浪漫的创意。我想起多年前去过的宝岛台湾，基隆附近便有一个叫九份的地方，给我留下很深的印象。那里是著名导演侯孝贤拍电影《悲情城市》的地方，也是一座临水的小山，也是由下而上的石阶路，酒吧、咖啡屋、食肆林立，艺术青年你来我往。

其实，烟台山附近是大有文章可做的。我在师大的时候居住在马厂街的意园，闲时常常在烟台山附近漫步，那里有红砖砌成的教堂，有盘根错节的大榕树，有秋日里落叶般的琴声，有高低错落的石阶。在七折八拐中，你会无意中看到闽江。夏日的阴影和秋日的光影浮动着人心，让人觉得这是一座充满了人文气息的小山。

闽江是需要经营的，经营考验着城市管理者的胆略和水平。

上苍赐予我们的城市一条河流，我们就要好好善待她。我又想起到过的台湾高雄，高雄有一条爱河，在高雄市民中，爱河是最具象征性的景点，也是承载他们成长与恋爱的地方。

爱河原名"打狗川"，后因运输原木又被称为"高雄运河"。1949年，中正桥附近一个游船所取名为"爱河游船所"，正巧一名台北记者来此报道一起殉情事件，误以为"爱河"便是河名，写了一篇《爱河殉情》。这个美丽的误会，从此让高雄有了世界上唯一一条叫作"爱"的河流。

高雄爱河也曾饱尝污染，但疼惜它的高雄人，包括政府和民间企业、艺术家们，都挖空心思，奇思妙想，耗资40亿，终于恢复了爱河的昨日风华。

闽江需要好好经营，祈祷不要再有刚开张的闽江一日游游客食物中毒事件的发生，不要再有闽江大量非法采沙造成人为的漩涡而夺去游泳者生命的事件的发生，不要再有几千吨鱼类死亡的闽江污染事件的发生……

让所有人都能感受到闽江的一个个感性的细节，让所有人都沉迷于闽江的水月风花之中，让所有人都爱上闽江并进而爱上闽江边的那座到处都是古榕树、有 2200 年历史的城市。

（原载《青春潮》2009 年）

林公翔，1962 年生。毕业于北京师范大学。曾执教于福建师范大学。现为福建青年杂志社副总编辑。著有《科学艺术创造心理学》《现代儿童心理语言学》《青春的私语》《行走的风景》《读不尽的人生》等。

晓来重濯

政和红茶

◎ 石华鹏

有时想，在福建生活是有滋味的，滋味之一是福建茶多，可尽茶性。好山好水之地有好茶，福建何处又无好山水呢？种茶，做茶，喝茶，卖茶，说茶，成为福建人的一种日子，有草木的亲切和安静在里头。安溪铁观音、武夷岩茶、正山小种、坦洋工夫、福鼎白茶、霍童金观音、漳平水仙、平和白牙奇兰、武平绿茶、永春佛手、福州花茶……掰起指头，一口气念出来，如相声的贯口，抑扬顿挫，掷地有声，这里边，涵盖了茶分红、白、绿、青、黄、黑的大多数种类，仅从这些茶名来说，色香味就俱全了。

八闽大地，一地有一地之茶，对人是一种吸引，脚步会不自觉地往那里去。初夏时节去了趟政和，很快，被政和红茶征服，此后我的茶词典里多了个词条——政和红茶。在茶面前，我像个多情的花花公子，只要好，均想拥入怀中，慢慢品味，慢慢感受。一般来说，一人独饮叫"喝"或者"啜"，口渴了要喝，喝了又喝，以解决生理需要为主；多人共饮叫"品"，三人围坐，品茶论茶，以茶为媒交流情感，所以"喝""啜"是一个口，

"品"是三个口。如今茶事发达，茶楼遍地，人们因茶坐到一起，又喝又品，谈茶说事，不知哪一天喝茶从日子里跑了出来，俨然一桩重要"事业"了。

政和县城不大，楼不高，沿溪而走，溪水弯到哪儿，城市就弯到哪儿，终究没有走出山，被绿绿的山包围。登高远眺，阳光里的县城如遗落人间的一弯新月，静静地亮在山里，弯在水边。车进政和，茶就不断与人打照面，怕你忽略它，山腰有茶园，路边有茶厂，街角桌上的茶杯碗空着静候主人，穿旧式斜襟布衣的小脚老太婆满脸皱纹，和旁边那位俊俏的黑女子——她的媳妇吧？——把一袋袋刚采下山、滴着绿的茶叶称给茶商，硕大的茶广告牌，从城边立到城里，有好多，像迎客的招幡，很招摇，是热情的架势。

这都不算什么，后来我才知道，政和茶最大的广告明星，是八百九十五年之前宋朝那位叫赵佶的皇帝。一天皇帝赵佶喝着产自闽越关隶县的贡茶，好茶喝得龙颜大悦，赵皇帝心血来潮，对朝臣说，将朕的年号"政和"赐予关隶，改关隶县为政和县。在中国，因茶赐改县名的，只有政和了。政和因茶而生。如果要给政和茶找一位形象代言人，我建议别去找今天的那些演艺明星，就用皇帝赵佶，谁的腕儿也没他大，而且还可省去一大笔代言费，何况赵佶品性高蹈，善诗书画，更重要的是他懂茶，爱茶，他撰写过一本茶叶专著《大观茶论》，怎么品，怎么制，说得头头是道，真正的茶叶专家。

当然，这次引领我们走进政和茶世界的不是皇帝茶专家赵

晓来重濯

佶，而是另一位年轻的专家杨扬女士，她和那位皇帝一样，善弄文墨，主编过政和历史上第一本谈论政和茶的书《茶话政和》。她生长于斯，爱政和，爱政和的茶，懂政和的茶。她把自己亲手做的红茶拿来与我们分享，我们的交往虽然短暂，但十句话八句话离不了茶，有时候她从我眼前晃过，像有幻觉出来，我真怀疑她是政和茶园里飘出的一片茶叶。

晚上到茂旺茶庄喝茶。茶庄动了脑筋的，十几间茶室，每间布置几件制茶器物，一间一个主题，十几间看下来，政和红茶的制作工艺流程便出来了。采茶的竹篓，萎调用的簸箕、竹帘席，揉捻用的木桶、竹焙篓，这些器物是从老茶厂或农家收上来的旧物，大多几十年了，老时光与新茶香交织在一起，让人感慨。

更让人感慨的，当然是那一杯杯漂亮的红茶了。我喜欢看红茶冲泡出来的颜色，那是世间美得无法描述的颜色，颜料盒里找不到，调色板里调不出，它只来自红茶，红为主调，然后千变万化，每一杯一个红，不可复制，也不会重现。在遂应茶厂，做了一辈子茶、今天七十多岁的林应忠老茶师对我们说，他八十岁时还要做一款茶，名叫"中华红"。红茶，在一天当中来说，是下午茶或者晚茶，在人的一生中来说，已是中老年茶了，它味甘性温，醇厚质朴，是时间堆积出来的缓慢，是走过千山万水后的从容。

在茶庄，茂旺茶叶老板杨茂旺向我们推荐了他的"等个人"，用"等个人"做茶名，有后现代意味，但在茂旺那里"等个人"

是有佛意的。政和有个宝福寺，宝福寺里有个弥勒叫等个人，弥勒有次在雨中站着，站了很久，干什么呢？在等一个人。究竟在等谁？您去想吧。刚好，茂旺用心研制了一款上等红茶，就用"等个人"做了它的名儿，当您喝到它的时候，也让您去想吧，您等的那个人，只有您知道。"等个人"斟在杯里了，红里透黄，呷一口，味醇甘厚，唇齿浮香，诱惑你端起下一杯。

我问杨老板，什么样的茶是好茶？茂旺说，喜欢的就是好的。他的回答轻描淡写，或许这个问题对一个茶人来说实在太泛，太宽，只有我这样的茶外行才如此问。不过，我在《茶话政和》里读到了另外的答案，耄耋老茶人老赵去茂旺茶叶指导制茶、品茶，他喝了一款茶，忙说："嗯哪，这个茶有东西。"有什么东西呢？有口感，有内涵，有……这就是老茶人认为的好茶了。老赵说，茶这个东西古灵精怪，变数多，常有偶然性。那么，我们喝到的每一款政和红茶，也就是在与古灵精怪打交道了，难怪它留给我们如此多的遐想，如此多的话语，如此多的慨叹了。

（原载《中国文化报》2012 年）

石华鹏，1975 年生，湖北天门人。毕业于华中师范大学中文系。《福建文学》副主编。中国作家协会会员。著有随笔集《鼓山寻秋》《每个人都是一个时代》，评论集《新世纪中国散文佳作选评》《故事背后的秘密》《文学的魅力》等。

晓来重濯

后　街

◎ 陆永建

　　后街，在浦城城北一隅，东接五一三路中段，西连马车埩205国道。大概是因为当年南浦溪水路交通发达，取沿岸的一条街为前街——有前就有后，这条街远离溪水，因此就叫后街。近二三十年来，后街几易其名，改到现在许多人已不知它曾叫后街。

　　后街是浦城最古老最热闹的街巷之一。我曾在这儿住了三十多年，它的热闹躺在床上就能感受得到：凌晨三点多邻近的屠宰铺就开始工作，凭猪惨叫的声音大小和次数，我就知道宰了几头猪。板车拉着猪肉经过我家门口到供应点，每人每月凭票供应半斤。一会儿，雄鸡打鸣，邻居开的豆腐店石磨开始转动，将那些前一天用水浸得饱满透亮的黄豆磨成浆，然后沥浆、煮浆，成卤后舀到一块木板上压成豆腐，再加工成豆干或豆皮，边做边卖。农民陆续进城沿街卖菜、卖柴、卖鸡、卖蛋，此起彼伏的叫卖声不绝于耳，那是几个小摊贩在东方红小学门口做生意。卖烧饼的炉火烧得很旺，师傅把做好的烧饼坯整齐地放在台面上，再用一把湿湿的刷子在炉壁上迅速一刷，即在上面贴满烧饼，关上炉口两三分钟后，烧饼就做好了。刚出炉的烧饼色黄，入口脆香。还有卖油条、卖油饼、卖盒子糕的，那葱花和油炸的香味，缠绵得直钻心底，多少年来都不会忘记。

我的童年在爷爷奶奶家度过。爷爷是远近闻名的眼科医师，早年在南京中美眼科研究所工作，抗战期间逃难到浦城后一直住在后街。我们家的后门与五六户邻居的后院互通，分别住着闽、浙、赣等三四个省份的人，有医生、农民、工人、教师等，各种方言通过单调的灰蓝色服装交汇在一起。除了我们家之外，他们都有一到两分的菜地，种有茄子、韭菜、豆角等。还有三四户人家养猪，其中一户是干部，养的猪较多较肥。几乎家家户户都养鸡养鸭，客人来了，就到鸡窝去摸鸡屁股。后院还有一口水井，生活很是方便。黄昏，男人打赤膊，穿拖鞋左手端碗，右手拿筷，不约而同地凑在一起，或坐或站，边吃边聊。老人惬意地坐在家门口的石礅上，慢慢悠悠地摇着芭蕉扇……

隔壁是第三旅社，门口有一个古井，井壁苔痕青青，有提水的、洗菜的、洗衣服的，还有刷牙洗脸的，把水井围得严严实实。晨雾朦胧中街边门口或立或蹲着一些人在刷牙，也有刷马桶的。卖酱油的担子走到跟前，拉着长调喊一声："卖——酱油喽……"担子挨着马桶放下，主妇就三三两两地围拢上来。她们虽然身穿睡衣，发髻蓬松，却仍透出晚春般的缱绻，风韵依然撩人。

只要有时间，我总喜欢回后街走走。

细长的后街，两旁长满垂柳，常年一片翠绿，婀娜摇曳，绿影婆娑，映着泥墙灰瓦和木板房，古朴宁静。青石和鹅卵石路面被来来往往的行人踩得油光发亮，颇有戴望舒《雨巷》那种韵致。放眼望去，满街多是单层木屋，两边的房屋向街心对开门面，一间紧挨一间，一座挨着一座，鳞次栉比。居民把晒衣服的竹竿横在自个儿门前，也有搭在对门屋檐下的，人们在后街行走时，头顶常常飘着衣服裤子和婴孩儿的尿布片。开店铺的，白天卸下门板营业，晚上嵌上，吃住都在里面。没有一扇光洁通透的玻璃橱窗，原木的颜色被时光染成了酱黑色，却不失洁净整齐。

离我家一箭之遥的"水井头"（本地方言，水井周边的意思）有一座古宅，是后街保存较为完整的古建筑，里面住有二三十户人家。它是后街的符号：斑驳的泥墙，古老的砖雕，长满青苔的瓦背，雕梁画栋的建筑。这份古老和宁静，只有走近它，你才能真切地感受到。邻里的老人们聚在"大门头"（本地方言，门口的意思）抽烟、吃茶、打牌，谈笑风生；几个男人坐在街边的竹椅上下象棋，有时为步棋争得面红耳赤。人们过着自个儿油盐酱醋、锅碗瓢盆的悠闲生活。

我家对面的东方红小学曾是我童年的乐园。操场旁边有一口池塘，里面少不了鱼、虾和螺。我们追逐嬉闹罢了，总忘不了到那儿，或在水面上飞瓦片，或沿塘摸螺蛳。有时也会遇到个把高一两年级的毛毛头，俨然头目，吆五喝六，指挥着一帮年龄更小的光屁股。教室后面有一片三五亩的菜地，地里种满了蔬菜、辣椒和葱蒜。每逢夏季，藤条附在泥墙灰瓦上不停地

后街

231

延伸，爬满了围墙，上面长满了凉粉籽。我常用竹竿把熟透了的凉粉籽打下来去换凉粉吃。

从教室到礼堂，从办公室到厕所，所有的露天连接路面都是青石板和鹅卵石。一场小雨就浇绿了路面，湿润细腻，古典丰富。嫩草和青苔一夜间挤出石缝，爬上石阶，露珠晶莹，绿意充满了石间的缝隙。低洼处流着雨水，清清的，浅浅的，一脚踩下，那水仿佛从石头中溢出。盛夏，校园也毫无暑意，四通八达的石头路让你沁凉无比，清幽的苔藓、灵秀的绿草和数十棵百年老树编织了一片阴凉儿。即使漏下几缕阳光，热能也已减半，还平添几许斑斓几分趣味。有时，可见蟋蟀突然从围墙的石缝里弹出，飞得不远；知了在树上不停地浅唱，一只停了另一只接着又唱；偶尔池塘里还会传出几声悠扬的蛙鸣……

哎，后街！

那是我儿时充满梦想和快乐的老街，黏糊糊的麦芽糖，五光十色的玻璃珠，竹节做的弹弓，木制的红缨枪；和小朋友从吴家穿陈家，围着猪圈捉迷藏；少男少女边跳牛皮筋儿边唱儿歌。那首伴随我童年的儿歌《月光光》，至今还记忆犹新："月光光，照四方。四方圆，卖铜钱……"

对门住着一个赣剧团的乐师。每天清晨，从二楼那间矮小的阁楼里就会传出清脆的笛子声或悠扬的二胡声，悦耳动听的旋律在后街回荡……

（原载《思想与性情》2014 年）

晓来重濯

陆永建，生于福建浦城，现居福州。中国作家协会会员，中国文艺评论家协会会员，中国摄影家协会会员，中国电视艺术家协会会员。著有散文集《一天中午的回忆》《飞翔的痕迹》《思想与性情》，书法集《陆永建篆刻作品选集》《武夷山书法大观》《武夷山青竹碑林》，剧本《柳永》等。文学作品获福建省第二十八届优秀文学作品奖，书法作品获福建省第七届百花文艺奖三等奖，摄影作品获第三届中国古建筑摄影大展二等奖。

后街

小花的清芬

◎ 小　山

　　第一次看见翠绿丛中那朵朵小小的花儿时，我的心颤了一下。她们玲珑娇弱地绽放在我的眼前，柔白的、温润的小花瓣重叠打开，在叶簇上芭蕾一样婀娜地独脚站着，像小天鹅在跳舞……

　　她们真是百花群芳中最小的公主了。也许还是一些花孩子，背上有白色翅膀，我们称之为"天使"的小家伙，如果给她们编织童话故事，我一定叫她们茉莉小仙子。

　　可她们英文名字叫"jasmine"，菲律宾人称呼她们"桑巴吉塔"，还有其他一些国家不知怎么喊她们的名字，在中国，据说是文人把"末利"（她们落地中国时，命名人希望拥有她们的人都能为人处事把个人私利放在末尾)两字美化为"茉莉"，为了字形好看——那是一千六百年前的故事了，汉朝时代，她们由异国他乡引入华夏东南的土地。如果我继续讲故事，要这样写道：在很久很久以前，有一天——可是，我必须就此打住。

　　需要说别的东西，而不能仅仅写她们，她们算不得主角，而是配角。主角是茶叶。

晓来重湮

福州的茶叶。茉莉花茶作为品牌茶叶，是福州特产，已经被国际茶叶委员会（哦，什么都有委员会！）专门授予特殊荣誉，福州于是成了"世界茉莉花茶发源地"。这是挺隆重的事情，使得福州市走向世界舞台一展风姿，闻名遐迩需要这种国际级的认定。而茉莉花本来就是福州市花，所以我仿佛看到世界舞台上大幕拉开聚光灯下面茉莉小仙子排成一列徐徐缓缓走出来，跳着小天鹅舞蹈……关于福州的故事——又要说故事，因为童话作家说过："故事就是光明！"说故事有什么不好啊？

但在这个场合不行，于是，我继续说茶。茉莉花茶。

其实不管国际上怎么看，茉莉花茶无论是刚出生，还是后来的成长，都不是什么显赫的至尊茶叶，而是寻常百姓家的寻常饮品。在遥远的北方，如果说到茶叶，倒退三十年前一般都是指花茶，我童年时不知道是指茉莉花茶，可我见到祖父母、父母亲以及众乡亲无论饭前饭后自己喝，还是待客，一律喝这种散发香气的茶水，这是我们东北人的基本口味了。我嫁为人妇，第一回孝敬公婆，也不过是去茶叶店，买上两罐这种茶叶就以为好了。现在我定居南国十余年了，品茶无数，可是，喝来喝去，最终仍然选定茉莉花茶作我每天饮品，早上喝过咖啡后，再补喝一壶温热的茉莉花茶，身体所需水分便觉得饱足了。与其说从小到大的基本口味在起作用，不如说我也相中它的价位不那么吓人，比如总是华丽登场不断变换身价的铁观音，加上越发渐涨价格的红茶、白茶，我有点儿喝不起；同时，我也不想娇宠自己的嘴巴挑剔好茶，喝得上百姓都能喝得起的茉莉花茶，很是知足啦啊！茉莉花茶在我看来已经是好茶了，越喝越觉得适合我身体。听说，冰心先生也喜欢茉莉花茶呢，我很爱冰心先生，喝着她喜欢喝的茶叶，自是惬意。为了这篇短文我查看一点资料，果然见到冰心曾这么给茉莉花茶打"广告"："我的故乡福建既是茶乡，又是茉莉花茶的故乡。"就连进京给文坛祖母进献礼品的官员也送老人家茉莉花茶，可见这是真事。福州女人冰心眷恋茉莉花茶是怀想故乡呢，还是已然习惯了这花茶的芬芳，独爱这美茶一种？无须求证了。反正茉莉花茶是有感情的茶，尽管每个人都会有一种有感情的茶，而我身在福州居住，不喝这城市的特产，便有点觉得对不住这城市，也是很温暖的感情。我情愿一辈子喝这个福州特产茶，就像我情愿做福州的普通百姓——做一朵普通的小花，有什么不好呢？也犹如这福州城的茉莉，静悄悄绽放。

况且这是小小的白色花。近年来，我对白色的偏好，到了快走极端的程度。有诗为证，不怎么写诗歌的我，还是情不自禁对白色讴歌，有这样的句子："现在白色最美。我从里到外 / 崇尚白，凝视云朵 / 血液也是独角兽的……不管是生是死时间的影子覆盖 / 我喷泉般白，雪花一样安静 / 是脱胎换骨的白 / 是物极必反的白 / 是拨云见日的白，我被照亮。"茉莉花纯净的洁白，是花朵的白，在我眼睛里，也是在山上祈祷时变容的基督那圣袍的白色。

说茶叶我禁不住老是要说这花儿，因为世上这么多茶叶，唯独茉莉花茶由两种植物菁华合成为一，产生了特有的茶香——花儿的气息传递给了茶树的叶子。我了解了熏制茶叶的过程，不由得对茉莉花产生了感动。想不到那么美质的小白花，小公主一样可爱，却被那么一而再、再而三地混入茶叶，必须将两者放在一起磨合，直到香消玉殒，使得茶叶的品质被提升出新的滋味——花茶，花茶，到底我们喝的是茶的香味还是花的香味呢？显然后者吧。这小小的花儿，与茶叶相遇，就注定要成为奉献者，献出自己最珍贵的清芬。注意到茉莉花白色之美的，除了我们都会唱的歌，"又香又白人人夸"，以及中国古代诗人江奎赋诗《茉莉》恨不能重排百花美丽谁最第一，我再提及一位希腊诗人也给茉莉花写诗："不管是黄昏，/ 还是初露曙色，/ 茉莉花总是 / 白的。"强调这白，就是强调这美。这美是奉献，用茉莉花的花语来说，就是：你是我的生命。这忠贞与尊敬，在绿茶茶胚和茉莉花之间，互为赞美。

在中国福州，从初夏到晚秋，新店附近的茉莉花田日夜散发着花香，那些常绿小灌木一眼望不到边儿，花开如初雪纷纷点缀在翠绿上，成为福州一景。性喜温热湿润的茉莉花把福州当作福地，生长与花开都那么欣欣向荣，嫩绿的花蕊吐出那么多不可捉摸的香气，真是一种植物送给人间福州的一份芬芳礼物。

这样说过于严肃了。我换个语气吧，请容许我再用写童话的习惯，这样叙述：有一个小仙子叫茉莉，她穿着花瓣般洁白的裙子，头上的帽子是光线编织的，经常出现在福城郊外的花田中，她要寻找叫绿茶的顽童会合，一起去国王的城堡里……

（原载《红豆》2014 年）

小山，1964 年生，原名贾秀莉。1987 年毕业于辽宁大学历史系。现供职于《福建文学》杂志社。中国作家协会会员。著有诗集《逆光的孤儿》《那拉提诗篇》等。曾获辽宁省儿童文学奖、冰心儿童文学奖、福建省优秀文学作品奖。

我和女儿

◎ 孙绍振

1978 年 9 月，在粉碎"四人帮"后，中国作家协会第一次组织作家"亮相"，由于某种机缘，居然有我。去大庆、鞍山访问期间，新华社的电讯里还向海内外发表每一个成员的名字。这在我的亲友中，颇引起了一些激动。我自己也为这意外的殊荣而感到春风得意。回到福州，下了火车，王光明来接我。这时，我才知道，妻子已经提前分娩。40 岁了，才当了父亲，在辈分上高升一级。心情不禁为之一振。我随便问了一句，是男的还是女的。王光明不胜同情地一笑："是女的。"

我还没有来得及分析王光明笑容里藏着的诡秘，也来不及细想是否有幸灾乐祸的成分，但是，自己心里却"咯噔"一下。没想到，我潜意识里冒出来的失落比王光明的更强烈。我自认为是一个思想非常开明的人，在生男还是生女上，是坚定的平权主义者。居然，在我心灵深处还有一种埋得很深的重男轻女的意识。

但是在看到我女儿第一眼以后，我就忘了男女之轻重。只觉得非常欣赏她的长相。我认为她非常美丽，而且很爱听别人夸她漂亮，尤其喜欢听人家说她很像父亲，当我向朋友们夸耀我女儿的容貌时，许多人都不胜同情地附和我。只有我的朋友林可夫这个超额当了三回爸爸的家伙非常冷淡而又非常坚定地说，刚生下来的孩子，根本看不出美丑来，我争辩，他坚持，我太太怕伤了朋友和气，把话题扯开了，我当时非常恼火，不但恨林可夫，而且有点恼我的太太不支持我。

这是我第一次体会到亲子之爱是十分狭隘、偏执，而且以不公平为特点的，不管是一时为不公平的情绪所主宰，还是事后意识到自己不公而解脱，都是人生一大幸事。由于有了这个小东西，我才更多地体验到生命的奇妙。我甚至非常开心地发现我变得自私了。在没有自己的孩子之前，我是很喜欢邻居的孩子的。我住在集体宿舍里，孩子们总是吵吵嚷嚷，有时吵到我房间里来，甚至偷吃了我的糖果，弄坏了我的小玩意，我都无所谓，我很欣赏一些孩子别出心裁的破坏欲，出差不管多忙，都会记得给我最喜欢的孩子们带点礼物。我喜欢那种一到家就有孩子围过来的气氛，被孩子们期待的、贪婪的目光包围着，是一大享受。

自从有了自己的女儿以后，我发现自己出差的时候，再也不会想到别人家的孩子了。只要看到美妙的、好玩的、好吃的，我首先想到的总是让自己的女儿高兴，只要一想到她喜欢得跳起来，不管付出多大代价也是我最高的享受。

自我审察使我感觉到，由于这个小生命的出现，我的生命、我的感觉、我的精神的某一个方面的版图似乎是在萎缩。我的

晓来重濯

生命中无私的、宽宏的一面好像被她剥夺了。然而，奇怪的是我并未因此而感到痛苦，也许是因为，我生命的另一方面的版图正在喜气洋洋地膨胀着。

当然，这种爱也有比较深刻的方面，那就是眼看孩子在精神上而且在气质的某些方面和自己很相似，几乎所有的朋友都知道我乐意看到人家惊异于她如此像我，但是，有一个朋友问我："你觉得你女儿在哪些方面继承了你的素质？"我很轻松地回答："考试粗枝大叶！"其实在我内心，我常常感到，她像我一样机智和幽默。有一次，我去开会，有很好吃的东西留在房间里给她。她非常高兴地坐在我的自行车后座，想到那美味的食品她不禁手脚飞舞起来。谁知乐极生悲，一只脚插进了车轮子，她尽情地大哭起来。我一看，吓了一跳，连袜子都被血浸湿了。我连忙把她送到我们学校医院，外科医生说，要缝几针，她哭得就更惨了，简直是哀哀欲绝，一面哭还一面求医生不要缝了。医生含糊应之，径直把她按到手术台上非常果断地飞针走线。她的哀哭引得许多妇女为之动容。其中有一些是我们的邻居。手术很快过去了，她的哭声也就像自动化的机器一样戛然而止。她妈妈把她背起来。挂着泪珠的脸上有了隐忍的笑容，显然是为刚才夸张的哭叫而害羞。这时一个邻居跟她开玩笑，问她："你刚才在干什么？"她非常爽快地答道："我刚才在唱歌！"大家都笑了。

我当时的感觉是，这才像我呢，能把乐观和幽默遗传给她，我感到无比满足。有时，我想，如果没有这种在困境中的幽默感，我在"文革"的灾难中早吃了安眠药了。

在她生活中，虽然没有我当年那些灾难，却承受了比我当年更沉重更持久的压力，那就是考试的压力。由于中国大陆、台湾、香港的特殊情况，孩子们的天性遭到分数主义的无情摧残。中国家长的爱在这里变成了无情的专制。每次考试卷子发下来，她都紧张得一下子不敢睁开眼睛。她告诉我，全班同学都受到家长的爱的压迫。她一个同学考到95分还给妈妈骂。有一回孩子考了个99分，心想这下子妈妈该有笑容了，谁知妈妈一看考卷，声色俱厉地说："你为什么就是拿不下那一分！"的确她的压力太大了。往往就是一分半分之差，进不了省重点中学，就要进那人人谈之色变的区办中学。每一次考试都是关键。考得好，回来的时候，老远就喊"爸爸——"考不好，就悄悄钻到自己房间里去发愣，流泪。每逢她不声不响回来，我事先提心吊胆不算，事后还得想出花言巧语去安慰她。虽然，我知道分数是小觑不得的，它的功能不亚于金钱，但是我却不能为了它牺牲健康的精神环境，不管考不好后果多么严重，我都要想尽一切方法创造一种轻松的心理气候。

但是，遇到关键的考试，例如小学考初中，哪怕极小的失误都可能造成严重的后果。碰上了那一年"划片"的改革大潮，考试成绩上不了保送重点线，就可能被划分到质量非常差的中学去。当这个方案公布下来，周围的家长都激动了，一个个义愤填膺。当了这么多年的穷教书匠，居然连自己的孩子都保不住，要拿去当牺牲品，这是绝对不能容忍的。不久，区教育局召开座谈会。我向来懒得开会，这一回却自告奋勇去。在会上，我声色俱厉地斥责教育局的工作人员，说他们完全陷入"冒险主义""盲动主义的泥坑"。我充分发挥了能言善辩的特长，把会场搞成个"一面倒"，几乎百分之八十几的反对。这是一次全市性的民意测验。后来，我在另一个会议上得知，其他会场，支持划片的高达百分之八十几，而我所在那个会场，支持的只有百分之十几，我怀疑那百分之十几大都是来自区教育部门的工作人员。

……

形势变得相当严峻，特别是在分数正式公布以后，虽然平均在95分以上，但距离"保送线"还是差了两分。这条"保送线"真是一条"龙门线"，上了线就可念全省第一流的中学，上不了线就得分配到全省末流的中学去。一想到我的女儿将要在新村门口和她的同学往不同的生活道路走去，我的心都碎了。

在那决定命运的二三十天中，我变得有点神经质，但在表面上，作为整个家庭的精神支柱，我又必须十分镇定。孩子和她母亲受到的精神挫伤够重的了，她妈妈有时一人独坐也要流泪。而孩子在得知分数落败那一天晚上倒表现得比我想象的更坚强，她妈妈问她要不要陪她睡，她流着泪说："不要，我一会儿睡着了就忘了。"但是，在第二天，她妈妈上班以后，她忽然抱住我的脖子说："爸爸，如果我考不取师大附中，怎么办啊？"我说："考得取，是我的好女儿；考不取也是我的好女儿。"就在女儿期待地看着我的时候，一个决心形成了。我做好了最坏的打算，实在不行，我就放弃我在福州的事业，到还没有开始改革而允许寄读的福清去工作，好在那里有个师专，我可以到那里去教书，女儿可以到福清一中去，那所学校也是省重点。我把这个主意告诉了女儿，她开朗地笑了。

我的老师王力先生在一篇散文中说过，中国人对子女的爱"是一种宗教"。他的文章写在20世纪40年代，没想到到了90年代，我才真正体会到了这种宗教的虔诚和疯狂。我居然开始打听调往福清的种种门路和手续，设想如何克服学校阻挠的谋略。

同时我又并不死心，想尽一切办法扩大师大附小保送名额，我时而变得顽强而无畏，时而变得足智多谋，时而面对有关人员勃然大怒，时而独自沉入痛苦的呻吟。既然，我连事业都在所不计了，还有什么不可牺牲的呢？面子和风度当然微不足道。表面上我时常处于亢奋之中，但实际上深感心力交瘁，一连两三个礼拜夜不成眠，白天哪怕是在研究生的毕业论文答辩会上也神思恍惚，以致北大教授谢冕看到我形容憔悴的样子也不胜惋叹："高谈雄辩的孙绍振都快变成了祥林嫂。"

这时，我才体会到亲子之爱的深厚内涵，这种爱表面上是充满了欢乐，好似看一粒种子的发芽，惊异于它的每一叶的细微变化，并且满怀着最美好的期望。但是，这种期望完全是主观的浪漫的，根本没有考虑到不可避免的风风雨雨，正因为这样，这种爱是脆弱的。在不期而至的风雨到来的时候，爱的欢乐有多强烈，失落的痛苦就有多沉重。这种痛苦几乎把我压碎了。但正是在这种痛苦中，我和我女儿的精神联系更深化了。我深深体会到患难比之安乐更能使人变得纯洁。自然，在当时，我是很难体验到这一切的。

不久以后，正式保送的名单公布了，我女儿的名字赫然上榜，生活好像给我开了一个大玩笑，然而，我仍然感谢生活给我上了爱的一课。

（原载《政协天地》2015 年）

孙绍振，1936 年生，祖籍福建长乐。1960 年毕业于北京大学中文系。现为福建师范大学文学院教授、博士生导师，中国文艺理论学会副会长，中外文论学会常务理事，福建省北京大学校友会副会长。著有《新的美学原则在崛起》《文学创作论》《美的结构》《论变异》《孙绍振如是说》《当代文学的艺术探险》《审美价值结构和情感逻辑》《怎样写小说》《挑剔文坛》《幽默学全书》《美女危险论》等。

儿子的气息

◎ 钟兆云

春节到闽北县城探望岳父母，人多房少，就打算晚饭后住宾馆。岳母做了番调配，她和妻住一室，委屈岳父睡沙发，说服刚读初中的孙子和他爸妈住，腾出那间儿童房让我父子同宿。我仍犹豫着，妻一旁便说，你可是很长时间没和儿子睡了，就不想和儿子亲热亲热？！想想也是，乃放弃了另行投宿的念头。

记得还是儿子 9 岁前同床过，搬家后他有了自己的房间，就不再黏我们了。虽然有时也想和他"重温旧梦"，但总遭到他没商量的拒绝。想当初，儿子尚幼，同衾时不管老子还是老妈，都要用双手箍紧，或用双脚钩住，生怕我们撇下他孤单一人，醒来一旦发现身边没人陪睡，便少不得一通哭喊。有年冬天奇冷，睡梦中被他缠绕着正美滋滋觉得多了件小棉袄，肚腹间忽有一股热流涌来，未待完全反应，已是水漫金山，半截秋衣和整条裤子都被小家伙给尿湿了。紧急掰开他抱紧的双手起床，他呀呀两声后，一个翻身又沉入梦乡。我习惯于写作开夜车，有好一阵子为了避免打扰他们母子，困了就在书房里独居。每天只要他母亲一起床，他就要跑来钻进我的被窝里续睡，像是只有抱着父母才有安全感，才能入眠。

时过境迁，诸事繁杂，已经越来越没有时间与精力去投身更多的东西，然而，作为一个有怀旧情怀的人，我很珍惜那些在心里弥漫的故事。一些过往，虽然大多幻化成心中沉璧的旧影，为了不使之钙化进而支离破碎，仍不时拿出来保养。等到静心冥想时，终于明白，那些温情的细腻、暖和的细节其实就是真实的岁月，是真正和自己血肉相连的苦与乐。或许，人生在世，也就为了图这么些人世的故事。在日出而作日落而息中，一晃匆匆，大家都成长了。当年乳臭未干的小子，已是个准备中考的英俊少年，个头都高出了我一大截，和他同床只能是奢侈之想。

兴许是囿于现状，儿子这次没有讨价还价，乖乖地听从了大人的安排。他知道我白天开六七小时的长途车挺累，明天午饭后又得赶路先回去上班，便主动把一大堆作业搬到舅舅舅母房间做，好让我先睡。儿子真是长大了，更懂事了，会为爹娘着想了！想着我外出时他常发的诸如"老爸记住，酒大伤身，注意身体"之类的短信，我累并欣慰着，很快就酣然入梦。

也不知过了多久，迷迷糊糊中，儿子也上床了。我不敢和他聊天，怕一说话就睡不着了，只是帮他紧了紧被子，叮嘱他别冻着了。儿子倒是说了句，我喉咙痒，咳嗽不会影响你吧？我安慰他，今晚老爸是头贪睡的猪。儿子的感冒虽近尾声，但不时还在咳，半夜里几次起身喝水。我有些心疼，问要不要帮他倒杯热开水，他却轻拍我的被面，说老爸你睡，我不要紧。

他复躺下后，我看见我们之间空隙较大，便主动靠紧了些，以防冷风灌入。我这头靠边，儿子那头靠墙，加上他一起一躺，被子便老往我这头溜。记得也帮他掖过一次，过不久却又复如此。听得他嘟哝一句，说和老爸睡就是没被子，于是又把被子给他掖过去，继而想伸手抱他，却怕他反感。一种说不出的距离感，油然而生。又想儿子已然成人，两个大男人这样抱着到底让人怪异和尴尬。于是没敢再有其他想法，小心谨慎地背过身子，努力进入冬眠状态。

早早，鞭炮声喧嚣，扰人清梦。异乡睡眠，质量并不高。睁开双眼，黑夜已远遁，晨曦破入屋内。光、影、人，相辅相成，无比和谐。想起儿子还睡在身旁，先拿眼角的余光瞥了瞥，见还熟睡着，便轻轻转身，干脆大胆地打量起他来。所有的喜怒哀乐，便都涌动在心里，一层一层微澜般地荡漾开来。

儿子脸面洁净，轮廓分明，曾经让他心烦的青春痘现在已了无痕迹。儿子的青春叛逆期大概前后一年半，那时他像是吃了炸药，一言不合，一着不慎，便要和他母亲或奶奶发生口角。在每个人都避免不了的青春叛逆期，儿子倒也没做什么让我们伤心之事。往好的地方回溯过往，倒是记得他的童趣。有次不知什么原因我用皮带抽了他，他竟背起书包出门，问他去哪，立马眼泪汪汪地回答，去北京找国家主席告状，就说你虐待少年儿童！再一次，我又要打他，他却机灵地跑到阳台，扯开嗓门喊，作家×××打人了，110快来呀！真要让人笑破肚皮。俗话说嗔拳不打笑面，有子如此，做父母的哪里还下得了手？

不用嗅，也知道儿子的气息洋溢着青春味道。这青春，也曾属于我，可现在只剩下青春的尾巴了。一年之计在于春，一生之计在青春，但愿儿子的青春之歌嘹亮动听，远离疾病和阴影，永远活力四射，为他的理想人生飞扬！

儿子浓眉大眼，这是我的遗传。现在尚处黎明，他心灵的窗户还关着，就不打扰了。那坚挺的鼻梁下，是紧抿的嘴唇，毛茸茸覆盖着一层胡子。现在孩子的青春期确实比我们提前了！前一段时间，他为这肥沃土地上冒出的参差髭须好不苦恼，老想着理掉。我说胡子越理越长，男人不长胡子岂不成太监？古往今来，有多少人以胡子为美，你喜欢的美髯公古有关公，现代有周恩来、齐白石，他们成就大事业，何曾为区区之须伤神？儿子乃悟，从此不再称烦。

瞧，儿子穿着雅典奥运会举重冠军石智勇送的运动服呢。他算是个体育迷，爱好篮球、乒乓球和游泳、跑步，此外还是名文艺青年，这方面可比只会耍笔杆子的父亲强多了：除了写作、吉他、唱歌、毛笔字，都曾博得过赞声一片。体育强身，文艺润心，但愿儿子此后人生，有此雅好相随，身心皆宜。

春日草木抽芽，万物勃发，在这细雨潺潺、云烟氤氲的季节里，我分明听到了儿子拔节长高的声音。属虎的儿子虎头虎脑，肌肉发达，骨骼结实，这固然有他母亲奶水旺之造，也少不了他奶奶那些年月的精心呵护。儿子初一时参加校运会长跑比赛时不慎摔倒，却仍咬紧牙关坚持赛完，还为班级争得了名次，赛后右臂打石膏一个月，也不喊一声疼。他一向崇拜关公刮骨疗毒，再苦的药都咕噜噜一口吞，连眉头都不皱一下。小时我们还担心他体质弱，没承想，才十五郎当岁的年龄，已然蹿至一米七五了，想来长个一米八不成问题，最希望他今后不仅有高度，更要有硬度，骨头硬，精神上也不缺钙。

这些天连轴转地走亲访友，加上寒假作业的负荷，儿子显然也累了，在清晨此起彼伏的鞭炮声中照样安睡。初三毕业班的人了，春节期间还在用功学习。他是要强的，求上进的，初三上学期半期考不甚理想，虽然我们没有丝毫责怪之语，他却难过万分，自责过甚，还说恨不得跳楼。儿子，千万别说这样的傻话，更别做这样的傻事。中国现行的教育方式有太多的弊端，考试和成绩能说明什么呢？我和你母亲早就不对你提过高要求，你大可从容学习，动静分明，态度端正了，努力了，付出了，只要觉得无愧，就好。就如昨晚，没有考试的紧张气息，有的只是和谐的、温馨的气韵。

外头的爆竹声一时停了，我屏住呼吸，凝眸眼前的儿子。虽然微有感冒，但还算鼻息均匀，呼出的口气含着淡淡的薄荷味，没有了那种让人回味的乳臭味，更没那种让我厌烦的口臭和其他体味。课堂外动如脱兔的儿子，在课桌上总能静如处子，何况梦中呢。我竖耳静听中，仿佛听到儿子血管里的血在汩汩流淌，流的是我的血，是客家农民、草根后代的血，是祖辈爱国爱乡、"忠厚传家远，诗书继世长"的血，但愿儿子的血总是热的！

从体形、外表和气质来看，儿子确实不负小帅哥之称，班上女生还封他为"男神"呢。儿子爱美，出门总不忘照镜子、正衣冠，这样的好习惯理当保持下去。有次我看他和班上男女同学走在放学路上，就和他打起了招呼，他只是笑笑点头。事后他母亲告诉我，同学问他打招呼的是谁，这小子竟脱口说是"我舅舅"，他是嫌老爸长得不够帅，还过早谢顶了呢！如此不恭，换来他母亲一顿讨伐。我却笑疼了肚子，说有其父必有其子，当年我在高中时也臭美，总希望父亲不要亲自来县城送粮送钱，尽可能让哥哥或姐夫送，这倒不是体贴父亲劳累，而是担心他那个光头尊容让我在同学眼里掉分。爱美是人的天性，一个爱美的人才会更珍惜美，更懂得创造美、奉献美，我相信儿子会是这样的人，而且能够辨别人间和自然界的美丑。让我欣慰的是，平时从不追求名牌的儿子确实没啥虚荣心，很快就大大方方地把我介绍给了他的同学和朋友，哪里嫌弃不是"高富帅"的父亲了！

让我欣喜的还有，在早恋成风的当下，每当看到街头巷尾那些相拥相吻的中学校园里的少男少女，我总不免担心起自己的儿子来，幸好，这位在害羞和腼腆中收到过不少情书和情诗的大男孩子，并没有散发早恋的气味。儿子不曾有伤女生之心的片言只语固然体现了教养和涵养，但也还得大方、磊落，切莫再现为避女生慕名看望而钻桌子底下躲藏的一幕。除了他主动提及或展示，我们从不私闯他的个人空间，我们相信儿子是透明的、有主见的。我们到现在都没有遭遇儿子成长的烦恼。他在小学二年级时就不用我们接送，坚持自己坐公交车到校，也从未泡过网吧，如此不知省了我们多少心。当现实中国忧心抱大的一代时，儿子着实是我们的骄傲。但愿儿子志存高远，不沾奶油味，苦难能自立，少些娇气、骄气、暮气，多些血气、朝气、书卷气和浩然之气，在风雨中练就男人坚忍、敢于担当的气质，但愿独立之人格、自由之思想能长长久久地陪伴他的一生。

比对独生子女欲说还休的自私、娇生惯养现象，儿子算是让我们欣慰的。从他主动帮助母亲做家务，从他不厌其烦地为左邻右舍写春联，从他给爷爷送终时的跪地痛哭，从他的作文《我推着奶奶去台湾》，从他对病中外婆的关切，从他饿时自己下厨房煎蛋煮食，可以看出他的勤劳、孝心、礼貌和动手能力。这小家伙，还自主写过《爸爸的气息》的作文呢，让其貌不扬、才德也薄的老爸，着实窃喜了一番，把它同我外地求学时他写给我的两封信作为最好的礼物珍藏。

儿子的眼眶微微动了动，这是他从深睡眠进入浅睡的特征。小时，他在这时常常伸出胖嘟嘟的小手，面对面或从背后来抱我。如果我还睡着或装睡，他就在一旁给我掏耳朵、挠痒痒，变着法子调皮捣蛋。我在等待这过去的一幕重现，但直等到他睁开眼睛叫了声爸，也没有发生这久违的情景。他显然知道自己长大了，触碰身体等儿时的亲热动作已经两不适应了。

儿子醒了，昨晚服下的药产生了良好效果，已不再咳嗽。他见我看着他，便也回看我，我们不是相对无语，而是有话说，父子间的交流一向充分，常有深层次的沟通。上年一个周末的中午，他主动要我陪他去看一部名叫《伤心童话》的电影，说想瞻仰一下小美女刘诗诗，前不久又邀我给刘亦菲出演的《四大名捕》贡献票房。我则带他去看《致青春》，让他提前了解大学和人生，并一起交流看法。曾几何时，我们不分长幼地打闹，拉手搂肩在城市街头、农村地头吟诵过唐诗宋词，有过"失敬失敬""老子英雄儿好汉"一类的抬轿子，也有过类似"子不教，父之过""子不学，非所宜"的抬杠。儿子有自己的世界，这个几天不打球就手痒、几天不唱歌就喉咙难受的小子，曾一本正经地责怪我不爱运动，并硬拉着我打羽毛球、晨练和晚跑，还试图将之常态化。我知道儿子是为了增强我的体质，但习惯于当夜猫子的我，没坚持多久就不了了之，为此落得儿子的一顿挖苦。除了为数不多的缺点，我可以说，自儿子诞生那刻起，老爸就已决心"重新做人"，努力做一个更优秀更有担当之士，承担儿子榜样的角色，不负他的投生，不让他蒙受精神上的任何灰尘。

我们躺在床上天马行空七说八聊，竟谈到了周立波的脱口秀。儿子邀请我观看最新的《一周立波秀》，并马上打开手机下载。我举着小手机，要儿子靠近些，以便看得清楚。儿子说，我感冒可没好，传染别怪我。我说，老爸有金刚不坏之身，区区感冒，难侵我身。其实，只要儿子靠近，在他的一丝丝气息中纵使传染感冒又有何妨！

儿子越挨越近，以前抨击"全民娱乐至死"现象的我，以前对立波之论经常保留看法的我，因为儿子的参与，竟觉今天的节目精彩绝伦、无懈可击。而儿子的一些点评，也让我感受到他心智和见识的渐趋成熟。近两个小时，我们紧挨在一起，在爷俩的笑声中，天伦之乐无与伦比。

十来个小时和儿子亲密无间地泡在一起，零距离感受到儿子的气息，只觉得时光匆匆，无计留春住。

自家已有足够多的房间，明年岳父母又要搬大房子，而儿子越长越大，今后要外出读大学，继而参加工作、为人夫为人父，看来此去经年，要自然而然找到理由和他同睡怕是不太可能了。一次胜万次，有这一次解馋，也就弥足珍贵了。

儿子曾告知有一个梦想，但没有和盘托出具体内容，且让他保留一分神秘。这自然该是中国梦的组成部分，只是，梦想要成真殊为不易，须经风雨，须励志，须咬定青山，儿子当知！

望子成龙是为人父母者的夙愿。古人云"生子当如孙仲谋"，我无此奢望，只愿此子在未来遥远漫长的路途，在注定要走过青春的不羁、彷徨、怀疑、泪水、不屑、不悔的之前与之后，都能向着更远、更深、更好的方向塑造自己。知荣辱、明是非、懂孝悌、讲道理、懂规则，遵循内心却又接受道德约束，有悲悯之心，同时具有探索和创造欲望，知行合一，自食其力。最重要的是，能保有一颗清如许的灵魂。倘能如是，余心足矣！

在一次记者专访中，我曾自诩，儿子是我最好的"作品"。父亲和儿子之间，存在一门他人无法读懂的语言。这部拥有署名权的"作品"不管优劣，我都将坦然正视、怡然接受。儿子的气息已然围绕并灵动在我生命的周围，绵绵无绝期！

（原载《福建文学》2015 年）

　　钟兆云，1969 年生，福建武平人，笔名赵云。1990 年毕业于福建教育学院外语系。中国作家协会会员，中国报告文学学会理事。著有长篇小说《奇人辜鸿铭》，长篇报告文学《落日》《国之大殇》《将军与故土》（执笔），长篇纪实文学《寻找毛泽东丢失的女儿》《山风海涛》，长篇传记文学《百战将星·刘亚楼》《农民知己邓子恢》《贺敏学传》《叶飞传》《商道和人道》《一生求真》《项南在福建》（合著）等，报告文学、诗歌、散文、杂文入选多种作品集，并有电视连续剧问世。曾获首届人民解放军图书奖、中国传记文学优秀作品奖、福建省百花文艺奖、福建省社科奖等三十余项奖项。

闽江古渡，难觅芳踪

◎ 崔建楠

现代人怀念古驿道，多半引发浪漫情怀。在高铁高速时代，飞驰向前的旅客们尚未看清山间古驿道上的石阶道亭，已远矣！

人们总是希望可以穿越。古人穿越到今天，会感叹生命苦短吗？今人穿越到古代，会急断愁肠吗？将自己穿越为古代的一个旅人，从古城福州的三山驿出发，踏上前往闽南诏安分水关的迢迢古道，第一个巨大的考验就是渡江。

闽江由闽北闽西发源，奔腾至福州欲入海之前，在福州盆地展现出一个母亲的慈祥，展开双臂，拥抱南台，滋润榕城。从淮安始，母亲河分为两江，一为白龙江，也称之为闽江，一为乌龙江，将闽江分为两水的就是俗称为"南台岛"的一个大洲。

古人没有无人机，不能从空中俯瞰福州盆地两江横贯的地形。但是这并不妨碍古人高超的想象力，他们仍然可以描画出古代福州的地域图形。他们普遍地选择了从南往北俯瞰的角度，以南台岛为中心，描画白龙江以北的福州城郭街道山川河流，顺带也描画出了乌龙江以南的江岸水洲。

有专门收集古代福州地图的朋友告诉我，其实古人是可以从高处俯瞰福州的，东有石鼓，西有旗山，南有五虎，福州是一个被群山包围的城市，那时的画师们一定踏遍了周边那些山峦。

只有俯瞰的角度，你才可以看清古人西进南下，必然要跨越的浩瀚大江，和两江与江岸上那些密布的古渡。

想到万寿桥被拆除心就剧痛。行走闽粤古驿道，去看过莆田地界的宁海桥、泉州与惠安之间的洛阳桥、南安与晋江之间的安平桥、九龙江上的东江桥。这些古桥有的焕然一新，有的尚在苟延残喘，但是还都健在，唯有万寿桥再也寻觅不到那古老的身影。

那位100多年前的英格兰摄影家汤姆逊为福州留下了多帧老照片，其中最珍贵的就有万寿桥和中洲岛，如果它们还在，岂不是价值连城的珍宝？！

我总是一厢情愿地想：如果万寿桥还健在，改为步行桥，与中洲岛形成一个古色古香的旅游区，那难道不比厦门的鼓浪屿更美！

因为上下杭的江面狭窄便于建桥，古人在元代就建起了闽江上第一座石桥万寿桥，横跨在白龙江的南台与仓前山之间，渡口便退居其次。后来在明代又建了洪山桥。白龙江上，人来车往，渡口成为配角。

真正让古人望而兴叹的却是乌龙江，乌龙江比白龙江宽阔得多，也湍急得多，就古代的技术来说，建桥应该是奢望。于是，我这位穿越时空的旅人，为探索古人前往南粤的履痕，便在南台岛南岸与闽侯北岸之间，去寻觅那些风华不再的古老渡口。

渡口是古代交通驿道上的节点，我却认为乌龙江古渡应该是面对前往闽粤古道的旅人的第一份考卷。古代福州有南驿道（闽粤古道）、北驿道、西驿道，其中西向和南向驿道都要由渡口过江。南向驿道过江有多个渡口，最东面的古渡就是西峡渡。西峡渡位于城门镇峡北村的乌龙江渡口，是福州通向闽南的重要水路。《榕城考古略》说："（峡兜江）上纳延、建、邵、汀之水，下受福、兴、泉、漳潮汐，阔十余里，其深叵测，中有石如砥柱，名浮樵石。下有潭，龙潜其中，岁旱祷雨辄应。江南北各有亭待渡，官募大小舟十数，往来如织，俗谓乌龙江。"

"峡江"是乌龙江的最后一个水段。马江宽阔水面奔涌而来的巨大水量，使得这里峡窄水急，艰险丛生。为什么古人要将渡口设在此处？是给旅人出难题吗？

面对这样的难题，倒是激发了文人的诗情，清代范俊将《渡乌龙江》诗作为答卷曰："虎斗龙争事已休，苍茫日夜大江流。半肩踯躅嗟垂橐，一剑伶俜又蒯缑。渡口人归山雨暮，潮头风起海门秋。投笔何处堪终老，欲向渔翁乞钓舟。"还有清代诗人林枫《夜渡乌龙江》诗曰："群山东走水南来，逆浪排空激怒雷。峡势遥拖龙脊落，海潮横击虎门回。断云落月孤帆外，渔火村灯绿树堆。自笑浮踪成不系，篷窗岸帻独衔杯。"峡江渡的凶险在这些诗人笔下自是生动翔实，但是他们的情怀倒是没有随激流入海，而是永远留在了典籍之中。

峡江渡由于危险而于明万历四十年（1612）停渡，渡江的主要通道转移到了阳岐。

从百度资料里查到了峡江古渡旁边有清代福州郡守李跋"龙江飞渡"摩崖石刻，心心念念，希望它不要因为城市建设而泯灭。找到古渡十分容易，现代导航基本能够带到。车辆从峡北村一陋巷穿过，迎面却是正在建设的南台岛南江滨东大道。看见新路和新路上的大型筑路机械，心快凉了半截。

先找的是渡口，一道宽大的石砌缓坡出现在眼前。这个坡道顺江流方向铺设，一看就是近代甚至是中华人民共和国成立之后为了摆渡车辆而建造的，在福建的许多临海港口都有这样的坡道。

坡道的顶端有一棵大榕树，根据经验，古渡一定就在不远。就在树下的一堆乱石之中，只见古渡的石头台阶凌乱地伸向浑浊的江水之中。带着久违的欣喜，一步一步走下石阶，去水边掬一捧江水，江水顺着指缝流下，溅落在石阶上。心想，历史就是这样，流逝而去的岁月，谁又会来搜寻呢？

在石阶的中段，铺设着一块平整的大石头，珍贵的是石头上雕刻着一个小木桌桌面大小的"福"字。奇怪的是这块福字碑刻没有题记也没有铭文，谁也无法去探索它的前世今生。只好揣摩是哪位有情怀的好事之人作此风雅，给后人留下世纪猜想。

"福"是印记也是愿望。

在"福"字旁边坐下，去看已经被历史上那些来来往往的旅人的鞋底磨得光滑圆润的石阶，去遥想那些跌宕起伏悲欢离合的往事。再掬一捧江水去濡湿"福"字，便穿过历史的风云看见了千百年来人们生离死别的泪痕。

旅人站在此处，一定是渴望着踏上南去的驿道，渴望着那迢迢的远路。

眼前寂静的渡口，荒凉得只有燕子肆无忌惮地掠过，有谁还能记起石阶上曾经的繁华？目光越过宽阔的江面远望，对岸是龙祥岛森森的沙洲和更远处青口一带的山色云霓。

渡口码头真的是文人灵感的产生之地。

带着满足回程之前，最后去寻找那方李跋的摩崖石刻，还真的不费功夫，就在新路的旁边一人高的石壁之上，那方有3米多宽的摩崖石刻出现在面前，自然是相机、手机一起上，拍摄下来这历史的印记。

在去探寻阳岐古渡之前，因为顺路，我们探访了林浦古村北面的绍岐古渡、螺洲吴厝古渡和湾边古渡。

严格地说，峡江古渡不是连接南台岛与闽江南岸的渡口，绍岐古渡也不是。当我们站在巍峨高耸的魁浦大桥下面，目光向北穿过大桥繁复的悬索去遥望鼓山之巅以及山下魁岐一带的田畴屋舍的时候，目光所及白龙江两岸，渡口的踪影无从可寻。虽然有万寿桥连接了福州城区与南台岛的两岸，方便了人群的往来，但是西去有洪山桥，东来却无桥可过，因此魁岐一带百姓往来两岸还是依靠渡口。

更为重要的是绍岐渡口背倚着名古村林浦。历史上绍岐古渡是一个大码头，它辉煌的起点应该是南宋时期端宗小皇帝在此弃舟登岸。不论小皇帝及臣子们此时是如何的仓皇，一个默默无闻的渡口就因为天子的脚踏过，应该要彪炳千秋的。

但是如今这个古渡只剩下了两个遗物兀立在江岸，默默地看着江潮起伏。

一个是宋塔，一个是炮台残垣。

文史资料都说林浦宋塔是闽江水运的一个航标，是林浦内港和闽江外港之间繁华的绍岐渡的重要航标。被新修的沿江大道及江岸绿化带簇拥之下的宋塔着实有些寒碜，走近去看，这座七级八角实心密檐式石塔须弥座造型古朴，刻着莲花浮雕。石塔之身每层都刻有浮雕佛像，在第六层的塔檐下刻有楷书"明光宝塔"四字，塔身第二层刻有"绍熙四年仲重修"题刻。有人说在几年前岸边的古渡石阶旁边还有摩崖石刻遗址依稀可见，但是如今了无踪影了。

在宋塔东面还有一座用沙土米浆铸就的三合土土台，土台不高，三步两脚就可以攀登。左右环顾这土台有棱有角，却不知何物，硬是猜了半天还是不得结果，回来查找资料才明白乃林浦炮台台墩残余的部分。林浦炮台由林则徐倡建，建于清道光年间，与对岸的魁岐炮台、朏头炮台鼎立三足，共扼闽江。

一个古渡，由宋至清，其履历之重要，不应该是现在这般荒凉寂寞的样子。

如果说在峡江古渡还有一些发思古之幽情的闲情逸致的话，那么从绍岐古渡开始越往南台岛的西面去寻觅那些残留的古渡遗迹，心情越沉重。人们抛弃历史都是那样的毫不留情，那样的义无反顾。

在吴厝渡口、湾边渡口乃至阳岐渡口，寻寻觅觅的结果让人十分失望。据说阳岐渡因为峡江渡过于凶险而开辟设立。明万历四十年（1612）前后设"阳岐渡"，人们渡江南下均从仓前铺折入侯官白鹭铺，然后由阳岐渡江达闽县蒙山、萧家道诸铺，至闽粤驿道大田驿而后南去。阳岐古渡至今能够找到的遗迹只有一座"午桥"了，那桥是宋代元祐年间所建，至今已931年。想一想一座纪年近千的古桥，五门已淤积两门，两边桥头被民房挤压蚕食，桥下水流不再清澈，目之所及，各种建筑垃圾、生活垃圾五彩缤纷装点着河道两边，只能感叹我们真的是"地大物博"，毫不珍惜啊！

吴厝古渡寻不到丁点旧迹，满目是钢筋混凝土铸就的堤坝阶梯；湾边古渡的残垣断壁只是20世纪70年代前后的建筑，也毫无凭吊的价值。站在古渡遗址南望，湾边特大桥横空出世直插五虎山下，桥下乌龙江水肆意横流。

因为是为闽粤古道寻踪，南台岛最西边的淮安芋原渡——福州西驿道的起点，此次便忽略过去了。据说西驿道是从福州西门出发，经侯官芋原驿至水口，再搭船上至延平入建溪，由武夷分水关或由浦城仙霞岭入浙，系北上晋京之路。

查看资料，说芋原驿古渡原在宋代古城怀安县，作为北上南下的中转站，起着重要的交通枢纽作用。大儒朱熹曾两次驻足于此，留诗赞曰："停骖石㟖馆，解缆清流滨。中流棹歌发，天风水生鳞。"并在芋原渡附近的驿馆留墨榜书"芋原"二字。

据说芋原古渡是闽江航运最早的码头，在唐宋时期闽江上游大量的物产顺流而下，均停泊在怀安渡口，有的转运到福州城里，有的从这里再由闽江出海口转运到海外。而洪塘洪山桥应该是淮安沉寂了几个朝代之后，它才在清朝开始繁荣发达起来，至晚清1840年之后又被更年轻发达的上下杭码头所取代。

于是芋原渡又引发了我前去探奇的欲望，还有那市井风味十足的洪塘老街。一日有友人给我看芋原渡现状的图片，又是荒草萋萋大江无语的模样。友人诉说乱石横陈的境况，诉说路径的难寻难行，顿时又打消了我前往一睹芋原渡芳容的愿望。

闽江上这块被白龙乌龙两条江包裹着的大洲曾经有过200多个渡口，如果算上那些整日漂泊在水上的疍民聚集停靠的水岸泊位，闽江上的码头渡口应该是不计其数了。

古人出行面对渡口驿道，心境应该是平和的，当然他们若是穿越至今，看着高铁飞机呼啸掠过，或许会瞠目结舌。

崔建楠，福建画报社原社长、总编辑，福建新闻摄影学会副会长。

闽江古渡，难觅芳踪

古渡口与一场小离别

◎ 曾建梅

我们去了那个河岸的尽头，沿着长长的河堤。

那里有最宽阔的水面，水面上横生着榕树的枝丫。两棵很老很老的榕树，守护着这一片河滩。1000 年了。

1000 年是个什么概念我搞不清楚，只在那一天的清晨，我们跑过漫长的河滩，来到这里，在树下，在鹅卵石砌好的河滩上坐下来。

静静地看着溪水和对面的青山的影子，晃晃悠悠地流过。

这真是个发呆的好地方。

有两个妇女在溪中浣衣，背对着我们，蹲在水边用力地搓洗然后拧干。

我有点怀疑，昨晚大雨，这溪水有些浑黄，能否淘尽衣上的污垢？

但乡民们似乎没有这种怀疑，他们一个个地沿着溪水，三三两两分布着，流动的溪水总能带走尘埃。

我一会儿叫它"溪"，一会儿又叫它"河"，事实上我也

晓来重湮

分不清溪流和河流的差别。溪水更加细小更加清澈更加跳跃吧，而这片河面宽阔、平展，不太急也不太缓，听得见哗哗的水声，但它的名字又是"大樟溪"。大樟溪，与一位过早逝去的诗人同名。我也是后来才知道那位诗人本来的名字叫"大樟"，一位优秀的诗人。许多人甚至还不知道他的名字，也没来得及读到他的诗。后来他的好友将他的遗作整理起来，为他出版了一本诗集，然后每年的某个日子会想到他。

这是个有点悲伤的故事，但悲伤其实是轻的。时间总会冲淡一切。痛苦转成悲伤，悲伤转成忧郁，忧郁转成惋惜，惋惜转成轻叹，最后转成遗忘。我们总会遗忘，那个省略号之间的间隔会越来越远，越来越虚弱。人之常情。

这溪的名字与这位诗人的名字重合其实是巧合。二者都不知道彼此的故事，但对于介乎二者之间的人来说，却念此而想起彼，也算是一种怕被遗忘的提示吧。

其实很多朋友都是这样，走着走着就散了。

就像今早一起跑过长堤的朋友，她说要多跑几圈，结果回来的路上居然就走散了。我在古榕树下的鹅卵石滩上呆坐着，心中不免有牵挂，想着此时是等待还是离开。等待让人焦灼，时间被像抻面条一样被拉长，稀释了，模糊了，显得特别长；离开，又怕她回来时我不在，会互相找，仍是焦灼。人常常处于这种两难之中，没有明确的答案与出路。还好这无关生死，甚至都无关痛痒。就在这小小的码头，走散也不至于找不回来。

错过并没有什么。在这个小小的小镇，没有人会真正地错过，

古渡口与一场小离别

况且在人人都怀揣手机的情况下。一个按键，在世界的任何一个地方都能找到，何况只是一个小小的古镇，一个小小的码头。有时候想一想，手机其实是个有伤风情的存在。

常常会想起上学时候古文老师讲"付诸洪乔"的故事。"殷洪乔作豫章郡，临去，都下人因附百许函书。既至石头，悉掷水中，因祝曰：'沉者自沉，浮者自浮，殷洪乔不能作致书邮。'"不知道为何，我非常喜欢这个故事，大概是骨子里不负责任的自由主义的基因在起作用——觉得世事就该如此"沉者自沉，浮者自浮"，不必自以为是做过多的勉强。后来看电影《海角七号》，范逸臣演的邮差，也是一个现代版的洪乔，他每天从邮局里驮了一大包邮件回来，也不去送，就躺在家里睡觉听歌，把邮件塞床底下了事。那这些信的命运呢？这些信的主人的命运呢？沉者自沉，浮者自浮吧。

这何尝不是另一种浪漫？如今社会，人与人之间实在绑得太紧了，以至于人类的生活由远古的写意变成了工笔，甚至变成了高像素的写实画，精准、真实得让人害怕。没意思。

这大概也是我那么喜欢电影《聂隐娘》的原因。尤其片尾那个磨镜少年，等到由远及近的聂隐娘归来时淡淡的微笑与欣喜。一个老者用近似四川或云南话的语调说，"这个姑娘好信诺啊"，然后是隐娘与少年共同牵马远去的漫漫长路，山峰与莘草。既喜欢这种没有必然性的空茫的守候，也喜欢这种一言既出，千山万水也不能阻隔的信诺，并且二者都视为平常不过，视为理应如此。所以这是古代，所以是传奇。

嵩口这个地方总让人想起古代。

树是古老的。河流是古老的。房子是古老的。街巷也是，人也是。

千年的古榕，不言而喻。

河流，大樟溪，不言而喻。

青山，古庙，不言而喻。

房子呢，很多人还住在明清时期修建的传统的大厝里，好几代人。奢侈的平面拓展的大院，而非向上耸立的长方形盒子。泥土墙。青瓦一片一片覆盖。一进，两进，三进，门厅，厢房，木阁楼，美人靠，半边亭，木窗上精细的雕花，抬头能看见房檐上用灰塑在讲故事，立体又生动。最奢侈的，是出门有田园，有李子林，有青梅林，有青山和流水，就在你的眼前，就在你下台阶的地方。

头天晚上住的地方就在码头边的一座二层小楼，民宿的主人是一位年长的姐姐，还有一条上了年纪的小狗，已经陪伴了她十余年。她经常抱着小狗站在阳台上看对面河中的一群野鸭，说它们平时就躲在岸边的竹林里。她天天没事就站在阳台上观望，看它们在母鸭的带领下沿着溪岸找食，或在水中游来游去。我笑说，真好。可是紧接着她又说最近对岸修河堤，鸭子都惊了，快一个月没见着它们了。她甚至沿着樟溪的河岸，散步到邻近的村子，想看看能否再碰见这些野鸭，但始终未见。偶尔有村民告诉她，哪里看到一群野鸭了，她的心稍微安一点。这个故事面对面地讲出来有点矫情，我们都知道人与动物这点缘分，离别是必然的。我害怕郑重其事地去讲这忧伤，虽然我体会过这种忧伤和不忍，因此我听一半就装作不经意地岔开了。

诗会结束后的下午，嵩口的天空下起了雨，老街的鹅卵石被淋得油亮亮的，泛着光。我拖着行李箱走在老街上，两边吃过饭的小店主人都跟我打着招呼。要先走啊？是啊！我急匆匆地走着，因为淋着雨，但又有点离别的兴奋与不舍。同行的伙伴们还将继续在嵩口游玩，他们不着急走。我一个人穿过人群，好像在雨伞浮动的人潮中逆流而上。

是的，我要走的是陆路，而与我背道而驰的诗人们却要走出古街，沿着德星楼的石梯拾级走下，到大樟溪岸等候一只即将驶出的木帆船。像百年前出行的先人一样，他们将沿着大樟溪的溪水顺流而下，路过青山，路过险滩，路过沉静如画的深潭，从一座座桥下穿过，从一片片田野中穿过，最后到达他们要去的都市与大海——那是一场比今日的离别恢宏得多、壮丽得多的远行。

曾建梅，原籍四川，现居福州，《闽都文化》杂志编辑部主任，鲁迅文学院第36届高研班学员，从事写作十余年，诗歌散文作品发表于《诗刊》《福建文学》《广西文学》《满族文学》《文学港》等刊物，出版散文集《爱上一座城》《深喜》，曾获茉莉花文艺奖，广西凌云文学奖等。

晓来重濯

从特鲁利联想到福州古厝

◎ 戎章榕

经过将近 6 小时行程，我们抵达意大利阿尔贝罗贝洛小镇郊外时，已是薄暮时分。欧洲夜晚暗得早，又突降大雨，空旷的田野，冷冽的寒风，在等待办理住宿时多少有凄凉的感觉。

可当住进了"特鲁利"（Trulli）的房子，我们便感受到了宾至如归的温暖。这是利用特鲁利改造成民宿。所谓"特鲁利"，很是特别，圆锥形的屋顶，整个屋顶无柱无梁，全靠石灰石堆砌而成。它被当地人称为"蘑菇房"，但在我看来更像闽南的"斗笠屋"。

晚上躺在床上，仔细打量着有限的居住空间，异国情调，温馨舒适，回味着先前听来的故事，多少给人以穿越的感觉：据说以前每栋房子都有一块石头是机关，只要一拉动石块，整个屋顶就会塌下来。这样说有夸大的嫌疑，但这样的构造方式却由来已久。流传最广的说法是为了避税。由于早年难以承受国王沉重的税负，当地的居民想出办法，用石块修砌围墙，在围墙上堆叠石片并逐层收缩成圆锥形的房顶，内有机关，当税务稽查员来征税时，居民把机关抽掉，房顶即刻坍塌，税务官一看这座房屋无人居住，就不征税了。等官员走了，当地居民又花两三天时间重建屋顶，过着时不时要把房子推倒的生活。

于是，有人这样评价：近代会计学起源于意大利威尼斯复式簿记，与阿尔贝罗贝洛最科学的计算理论，最会做账的会计，最会避税、偷税漏税的对策，不无关系。这当然是一种揶揄。

第二天早餐后，我们驱车来到阿尔贝罗贝洛小镇观光。小镇是安静的，慵懒的，蓝调的，甚至是自我的、私密的。那一座座被称为"特鲁利"的民居，就像是一首首神话与历史、艺术与文化、风光与环境、梦幻与现实的交响曲。

蒙蒂区是阿尔贝罗贝洛的老城区，也是"蘑菇屋"的集中地。特鲁利建筑最早出现于何时难以考证，现存最古老的特鲁利修建于公元 17 世纪——距今已有 300 多年历史，而阿尔贝罗贝洛小镇上的特鲁利大多修建于 19 世纪。特鲁利建筑用石灰岩材料修筑，经年累月，最初修建时的石块通体雪白，表面被氧化后呈现灰色。居民每年都会用白色涂料粉刷墙体，保持白墙灰顶的建筑风格，也是给游人留下更加鲜明的色彩印象。

漫步在小镇的"天堂小道"上，如同走在一个魔法村庄里，那圆锥小屋的石顶，像一个个精灵的小帽子坠落凡间。房屋的墙壁上、窗子旁的鲜花装点，透露出一些悠闲懒散、遗世独立的意味……那里开有不少文艺的小店，还有一些酒吧、餐厅等，是小镇的商业化标志之一，但依旧透露出一些漫不经心的意味。

在放慢脚步的游走中，发现一块"阳子的平台"（仅是我的猜测）的招牌。热情的店主引导我们进入，果然店主是位日本大嫂，她让我们登上她家房顶平台，俯瞰特鲁利。蒙蒂区域是特鲁利式建筑密集的地方，保留有 1000 多座大大小小的特鲁利，它们错落有致地分布在山坡上，煞是壮观。与其说是那些尖顶小房子如同一顶顶精灵的帽子，不如说是像一个个活灵活现的小矮人。导引游客登临观赏，同时也就穿行于所经营的文艺小店，是日本大嫂做生意的方式。为了表达对她的盛情的感谢，同时也是表示歉意，妻子花了两欧元买一块特鲁利外形的冰箱贴，留作纪念。

我不知有多少异国他乡的人像日本大嫂经营"阳子的平台"一样，到此定居开店，但有一点是可以肯定的，特鲁利不再是阿尔贝罗贝洛独有的民居，而是人类共同的文化遗产。

在行旅中，能够遇见并体验这样既美轮美奂又静谧干净的建筑群，忘掉焦虑和烦恼，还不时有惊喜的悸动，的确如同艳遇一样的美好。因此，意大利人认为它是"旅行中不可错过的白色艳遇"。

谁说阿尔贝罗贝洛这座白色小镇才是意大利的文艺灵魂？是游人脱口一说，还是哪位名人的经典之言？可笑我过于纠结这句评语，是我学识疏浅，还是逗留时间短暂？迄今尚不得要领。

正是这种白墙灰瓦的尖顶民居，成为阿尔贝罗贝洛小镇的名片；也因为这种独特的建筑风格和民居的完整保留，1996 年，被联合国教科文组织列为世界文化遗产。

特鲁利能够成为世界文化遗产，依我看来，至少具备三个优势：一是独特，这种白墙灰瓦的尖顶民居在世界上是独一无二的；二是数量，风格独特且形成一定规模，像蒙蒂区聚集了1000多座大大小小的特鲁利；三是历史，历史是文化的积累、扩展和传承，也是人类文明的轨迹，特鲁利有据可考的历史在300年上下。

由此我联想到，世界遗产大会将在中国福州举办。作为一座有着2200多年建城史的国家历史文化名城，福州以什么来展示历史文化名城的形象呢？如果说2004年的"世遗大会"，苏州在世界范围内叫响了"园林"的品牌，那么，借助2021年"世遗大会"契机，福州想要推出的非"古厝"莫属。

古厝是福州最鲜明的特色之一，除了福州城内百余座古厝外，在闽江及其支流上，还存在着大量的古厝。如琴江满族村、闽安古镇、林浦村、潘墩村、宏琳厝、三落厝、螺洲古镇、嵩口古镇、月洲村等，这些古厝使得福州保存着相对完整和原生态的古城格局。其中，林浦村的"泰山行宫"、月洲村的"一尚书一状元五十进士"、林浦村的"三代五尚书，七科八进士"、大埕村"九条金带"等，都蕴含着丰富的科举、宗族文化。虽然得到了一定程度的保护，但在内涵开发和利用力度上仍远远不够。

比如同为世界遗产，与苏州园林、永定土楼相比，"福州古厝"尚属一个新晋热词。有数据表明，即便是福州人引以为豪的三坊七巷，虽为AAAAA级景区，但2018年国内游客对它的知晓度不足60%，远不及同为AAAAA级景区的武夷山

（83.6%）、厦门鼓浪屿（82.3%）。在 2018 年中国旅游城市排行榜中，福州仅排名第 39 名。这绝对不是一个单纯知名度的问题，还是需要从独特、数量和历史三个维度上再下功夫。为此，福州市在 2020 年春节前夕，向世人开放了鳌峰坊、南公园、烟台山、梁厝、船政、昙石山、水西林等在内的 15 个特色历史文化街区，还要求每个区县至少有一条特色历史文化街区，并以"绣花"功夫凸显古城记忆，借筹备世遗大会良机，推动古厝的保护与开发。

不论是阿尔贝罗贝洛的特鲁利，还是福州古厝，都是历史的产物，以其特有的形式、结构和材料，承载历史，见证文明。只有更加注重内涵挖掘和传承，才能吸引更多的游客纷至沓来。

戎章榕，祖籍浙江慈溪，生于福建福州。当过工人、记者、编辑、公务员，现已退休。福建省炎黄文化研究会理事，福建省作家协会会员。出版个人作品集若干。

从特鲁利联想到福州古厝

273

风雨龙台山

◎ 叶 红

　　在闽侯上街镇侯官村，有一座美丽的龙台山，与赤塘山并峙，是福州市公布的第一批名山保护对象。传说山后曾有一座"凌梅庵"（因年久失修倒塌），与华棣山后的伽蓝寺遥遥相望，因此本地人又称龙台山为"凌梅山"。

　　龙台山不高，海拔仅 46.6 米，并不见危岩峭壁，山道幽静，林荫蓊郁。小径常有松鼠蹿出，枝头总有小鸟啼鸣。林中不仅花草摇曳，也生长着药材野菜。春天到来时，舒缓的东南山坡上，一片杂树生春色、草木含碧岚的韵致。

　　登临山顶，山风猎猎，千年沧桑扑面。这里曾有过一座远近闻名的千年古塔，名曰"龙台石塔"。据《闽都记》记载：侯官"城市里社巍峨，有石塔临于江滨，其山名龙台，与赤塘山并峙"。民国林其蓉先生的《闽江金山志》中有《闽江金山左近疆域全图》，也标注了"龙台山"和"龙台石塔"。老先生还曾为它赋诗一首："侯官江上古龙台，唐代浮图尚未颓。秋晚雨晴云破处，林梢添送一峰来。"据村中老人介绍，龙台石塔建于唐贞观五年（631），六角七层，壮观华丽，几经修复，

晚来重濯

后毁于日寇炮火，石塔遗址尚存。1981年文物普查记载，"龙台石塔"四个大字在龙台石塔旁，塔身西面刻铭"皇唐贞观五年（631）八月吉旦"；东面刻铭"旗阳十方大众募建"；北向刻铭"大宋淳熙八年（1181）九月吉日"；南向刻铭"兴禾里信士林居广重修"。

林居广是唐末五代开闽都统使、六桥林始祖林硕德的六世孙。他家中通过世代积累，富甲一方。他没有因权势而盛气凌人、称霸乡里，反而乐于仗义助人，乡中贫穷的人常常得到他的赈济。除重修龙台石塔外，他还捐资兴建超山禅寺、十四门桥、濡沁桥、上方桥等，福荫乡间，功德无量。因此，林居广深受乡人敬重称道。

20世纪70年代，龙台石塔遗址被盗墓者破坏。塔基四周被挖掘出2米宽、1米多深的沟。半边花岗岩须弥座被弃置于附近草丛中，宝塔内的文物绝大部分已经散失，唯有"阿育王铜塔"一座被追回，现被福建博物院收藏。此塔形似方座烛斗，高约0.2米，塔身刻有"吴越"二字，塔底座浮印覆莲瓣纹，塔座四侧五人盘腿坐状支撑座顶。塔中心凹拱形门内有五人作战场面，门外浮印花纹。四边角各自突起呈仰莲叶瓣形，叶瓣饰有人物图案。正中刹杆为圆柱形，套有七圈圆盘，杆尖雕饰宝珠一颗。此塔造型精巧，纹饰繁缛，精雕细琢，巧夺天工。遗址所发现的文物进一步证实了该塔始建年间应为盛唐时期，其后经五代闽国，南宋时期重新修葺而留存后世。如今，我们在现场所看到的，只是塔基的残骸、被漫长时光侵袭腐蚀的碎片，刻字漫漶，难以辨认。那些散落的石块，粗粝暗淡，静默无声，袒露在阳光下，向现代人悄然展示着远古的秘密。

石塔旁有一棵苍劲挺拔的古樟树，浓荫匝地，数丈方圆，迄今已有千年历史。据乡贤谢宝春老人回忆，他小学毕业那年，和两个玩伴到龙台山游玩。来到这棵大樟树旁，发现它的树干特别粗壮，他们三人环抱都合不拢。树干到分枝有一人高的距离。我们现在看到的貌似相连的两棵树，其实是主干的两大枝杈，而主干则植根于地层深处。由于根深叶茂，它的枝端才亭亭玉立着青翠的羽状叶片。一年一度春色，它古老的生命才得以延续，飒然弄风。

龙台山不高，但因其地势而成了村里的制高点。站在山顶，极目远眺，千里闽江如驰骋的马匹，浩浩汤汤，飞驰而来，奔流到海。白龙江、乌龙江与邱阳河在此相遇，悄然融合成一派水阔天高的气象。茂密青山隐去了江上涛声，却掩不住那种大江自南而北的气象。赤塘山清晰可见，远处旗山朦胧难辨。在树林的掩映里，整个侯官村的美景尽收眼底。

侯官村人对龙台山情有独钟。早年，山上满是松树柏树，随处是松涛贯耳，修篁滴翠，飞禽婉转鸣唱，是一座天然的大氧吧。山中景色，百看不厌，每看愈新。即使在今天，这里也依然是一个林木幽深、喧嚣远遁的所在。人们喜欢在这里观日出、看夕阳，坐在山顶的那几块天然大石头上，细数江帆点点，往来熙熙。村里擅长丹青书画的长者，在完成自己的得意作品时，习惯了在落款处署上"龙台山人"的字样。

也许是看中了这里的山川秀色，也许是青睐于这里的好风水，后人集资在古樟树旁建造了一座齐天府。庙内供奉孙、黑、白三位大圣，并在山脚下建造一座山门及水泥登山小道。

众所周知，齐天大圣孙行者孙悟空，出自《西游记》。《闽都别记》记载：福州有一雄性猴精，全身红毛，被称为丹霞大圣。因其为非作歹被陈靖姑收服，安顿在乌石山宿猿洞，受过敕封。又在洞内修炼，法术无边，显应佑民，城市乡村皆有齐天府，民间俗称猴王庙。《闽都别记》第二九一回又对孙悟空与丹霞大圣做一番分辨。实际上，自明清以来，福州人将信奉丹霞大圣与《西游记》中的齐天大圣孙悟空逐渐混同起来，大多无法区别二者。

福州齐天府（猴王庙）在国内负有盛名，诸多明清时期文献都曾提到它。尤西堂《艮斋杂说》曰："福州人皆祀孙行者为家堂，又立齐天大圣庙，甚壮丽。"又说，"福州有齐天大圣庙，香火甚盛。"蒲松龄《聊斋志异》也说：福州齐天大圣庙，"殿阁连蔓，穷极弘丽"。侯官村在龙台山和下市都有齐天大圣庙，上市将军庙内也设有齐天大圣殿，都是20世纪90年代重建。其实，齐天大圣究竟是何方神圣已不重要，老百姓更看重的是内心的那份祈愿，希望它能像门口对联写的那样，"除妖降魔功显赫，祈灵求应保无虞。"

龙台山历史悠久，文化底蕴深厚，但由于近几年缺乏整体规划和整治，草木荒芜，人烟寥落。好在近悉村里已将它列入美丽乡村建设规划，有意在这里打造一个龙台山生态公园。历经风雨的龙台山，有望再次走进公众视野，重绽芳华。

叶红，女，福建永春人，中国散文诗学会会员、福建省作家协会会员。现为中共福州市委党史和地方志研究室副主任。著有长篇小说《疼痛》、散文集《纸页上的流年》、报告文学《青春无悔》等。作品入选《中国文学新人新作选》《最受小学生喜爱的100篇文章》《智慧背囊》《2018—2019散文家年度精选》《中国最美游记》等。

晓来重濯

图书在版编目(CIP)数据

晓来重濯/"峰岚·精品库"编委会编. —福州:海峡
文艺出版社,2022.7
(峰岚·精品库)
ISBN 978-7-5550-3019-5

Ⅰ.①晓… Ⅱ.①峰… Ⅲ.①中国文学—当代文
学—作品综合集 Ⅳ.①I217.1

中国版本图书馆 CIP 数据核字(2022)第 097016 号

晓来重濯

"峰岚·精品库"编委会 编

出 版 人 林 滨
责任编辑 朱墨山 林 颖
出版发行 海峡文艺出版社
经 销 福建新华发行(集团)有限责任公司
社 址 福州市东水路 76 号 14 层
发 行 部 0591—87536797
印 刷 福州印团网印刷有限公司
厂 址 福州市仓山区十字亭路 4 号金山街道燎原村厂房 4 号楼
开 本 720 毫米×1010 毫米 1/16
字 数 185 千字
印 张 17.75
版 次 2022 年 7 月第 1 版
印 次 2022 年 7 月第 1 次印刷
书 号 ISBN 978-7-5550-3019-5
定 价 79.00 元

如发现印装质量问题,请寄承印厂调换